Narratori Feltrinelli

Elisa Ruotolo
Quel luogo a me proibito

Prima edizione ne "I Narratori" marzo 2021

Stampa Grafica Veneta S.p.A. di Trebaseleghe - PD

ISBN 978-88-07-03425-1

Quel luogo a me proibito

Certe storie sono troppo difficili da vivere,
le puoi solo scrivere.
E viceversa.

Parte prima

Sono sporco, Milena, infinitamente sporco,
perciò faccio tanto chiasso con la purezza.

FRANZ KAFKA

Tutto è cominciato prima di me. Vorrei poter vantare un inizio solo mio, invece mi rendo conto che di privato possiedo ben poco. Ogni cosa che mi riguarda è stata eternamente condivisa, fatta in brani e poi spartita. Forse per questo ho accumulato come un ritardo sul resto, e un giorno mi sono ritrovata a incolonnare le cifre del mio vivere mentre gli altri tiravano la linea del bilancio.

Quando sono nata io, s'erano già disseminate molte infelicità lungo i vari rami di famiglia, e non mi riferisco a quelle che non si possono evitare perché derivate dai lutti, ma ad altre più o meno negoziabili che vanno sotto il nome di vergogna.

Lei sembrava allignare ovunque, e sapeva in che modo agguantarci, mordere e poi sparire nel pietrisco delle nostre esistenze come una piccola serpe maculata. Ciascuno di noi immaginava che fosse lì, nascosta da qualche parte, pronta a venire fuori dalle fenditure più impensabili non appena avessimo allentato la guardia. Quanto a me, imparai ben presto a riconoscerne lo strascico sinuoso e maligno anche nelle vite che mi avevano preceduto, perché non mi sembravano meno reali di quelle con cui sedevo a tavola. Attraverso le parole degli adulti, giunsi alla conclusione che la vergogna era di certo toccata al nonno paterno – se la sua unione di fatto con una donna diventata poi un'ombra nella genealogia familiare aveva macchiato per sempre la sua onorata condizione di vedovo. Al contempo la vidi affiorare nella decisione presa dalla nonna materna di crescere senza marito la bambina che avrei chiamato madre.

Per ragioni differenti, quei due nonni furono entrambi chiacchierati, eppure a me sembrava che il grosso di quelle vite – la vergogna vera, insomma – fosse rimasto sommerso nel non detto, nel non visto.

Mi chiedo da sempre cosa sia la verità e se io ne tolga ipotizzando circostanze oppure semplicemente ricordando le storie tramandate fino a me. Lascio perdere volentieri l'astuzia di mio nonno, quella voglia di sottrarsi alla legge e a un'unione civile per accumulare il sussidio d'una donna che fino all'ultimo gli restò accanto da vedova, più che da sposa. Mi perseguita invece un'immagine che non ho visto, o forse sì, perché mi è stata raccontata. Allora c'è questo abbozzo di donna dal sangue diverso, non avendo generato lei mio padre, la trovo seduta nei pressi del camino, tra la cenere e il fumo nero, a rammendare calze. So che vive di fagioli vecchi e non ha la libertà di friggersi un uovo perché mio nonno tasta le galline per sapere in anticipo quanto renderanno a giornata. In fondo so anche di non averla compresa per anni: quando non ero che una ragazzina e per qualche ragione mi capitava nei pensieri, non mi spiegavo per quale motivo avesse diffidato di sé o perché fosse arrivata a credere di non farcela da sola, pur con la pensione del marito e il resto della vita davanti. Come so che da lei non può essermi arrivato nulla: non la sua pazienza con gli aghi, non i suoi denti intatti e candidi fino all'ultimo. Ma la vergogna dell'origine, quella sì, assieme all'evidenza di venire da un ceppo vuoto di tenerezza, capace di offrire solo fatica quotidiana.

Mio nonno se l'era tirata in casa senza la benedizione del prete, ma non era nemmeno questo l'imbarazzo vero, il peggio era averla presa per ridurla a un essere superfluo e invisibile lungo tutti i giorni che il cielo mandava. Razionalmente so di sparigliare ogni certezza biologica, ogni garanzia di discendenza, ma anche se vengo da un'altra carne sento che l'invisibilità che mi accompagna mi apparenta con quella donna. Ci penso ancora adesso ogni volta che sul frontespizio del colombario non trovo la foto di lei, tantomeno il nome, pur sapendo che è lì dentro insieme alle ossa di molti altri.

Mi capita di diffidare di quella morte con la stessa fermezza con cui nel tempo ho faticato a considerarmi parte di ciò che è. Mi tenevo lontana come un vino cattivo sulla mensola più alta, forse per questo il mio guscio non s'era rotto ma solo dilatato assecondando la crescita, mai la messa al mondo. Avevo lavorato dall'interno, ero stata un bravo artigiano nella sua giara di carne, bravo nel rinsaldare le incrinature, ricongiungere gli spacchi pur di restare dentro. La mia visione delle cose, da quella prospettiva, non poteva che essere parziale, smarginata. Era una questione di velocità: fuori, i giorni correvano e andavano colti, presi, divorati; dentro, il mio battito seguiva altri ritmi ed era sempre un tocco indietro.

Nessuno venne a dirmi quanto fosse severa la legge del tempo, quanto circoscritte le possibilità che offriva talvolta in un istante senza repliche. Pensavo che l'ingenuità avrebbe ottenuto la clemenza di occasioni infinite e che, a perderne una, mille altre se ne sarebbero affacciate. Non immaginavo che quella lentezza potesse costarmi la vita o il ristagno del sangue, che in me non aveva mai preso la sua naturale corsa. Ero qualcosa di non nato, di non finito, e in questa disarmonia ho provato a costruire i miei ricordi, abitando molto meno quello che ho vissuto e più volentieri certe storie di famiglia in cui, per qualche motivo, ho deciso di entrare.

Spesso ho addirittura la strana sensazione di non distinguere i tempi, quelli in cui c'ero dagli altri che non posso aver abitato, e per convincermi dell'errore conto gli anni sulle dita. No, io non potevo esserci in quella chiesa con mia madre bambina, una camiciola corta a scoprirle gli stinchi magri e in cima alla testa una coda lenta, per via d'un nastro che stringe senza fare il suo.

La colpa di mia nonna è tutta lì, in quei centimetri di raso annodati distrattamente anche se si andava innanzi al prete. In un luogo che sembra più adatto alla confessione che al pentimento, mia nonna sta ammettendo che per quella bambina lei non avrà alcuna grazia, né saprà garantirle una prima comunione domenicale e solenne. Vedo il sacerdote scuotere il capo, ma poi piegarsi alla richiesta d'un sacramento anticipato; e mia madre assaggiare il corpo di Cristo sentendo tutta l'amarezza di un incontro deciso in fretta, preteso con quella violenza che è alla base di ogni fede. Le sembra di averli disturbati tutti, il sacerdote e perfino Gesù, costretto a incarnarsi fuori tempo, senza i canti dovuti o le parole buone dei Vangeli, e senza aver bruciato un solo grano d'incenso. Tutto perché non c'è modo di procurarsi un vestito da prima comunione: quel mattino mia nonna ha deciso di sentirne lo spreco, e lo spreco è imponente più di qualsiasi solennità.

A volte mi domando se non venga da lì, il disinteresse di mia madre per i tabernacoli spinto fino all'età in cui di solito ci si affida a essi per decoro, abitudine o mancanza d'altro. Avrebbe potuto essere una donna libera, svincolata persino dai doveri dello spirito, invece, per uno strano movimento interiore, ha voluto superare chi l'aveva generata, provando a essere più onesta e quieta nella morale. Ha avuto paura – o vergogna – di mandare avanti quell'opera di distruzione e a forza di sacrifici mai richiesti ha cominciato ad accumulare nel mondo un credito malvagio che tutti noi avremmo scontato poco a poco.

Anni dopo, mia madre avrebbe raccontato tutta l'avventatezza di mia nonna nello scegliere un marito a partire dalla buona qualità delle scarpe. Diceva che aveva aspettato i trent'anni per fare quel passo e lo aveva sbagliato comunque: oltre all'abitudine delle calzature eleganti, mio nonno le portò in dote solo le preoccupazioni di chi non è nato con la missione di lavorare.

E questo nonostante il forno di famiglia e diversi prelati ben disponibili a dignitose collocazioni.

Non erano bastate una giovinezza quieta e giornate intere a ricamare su commessa, la testa calda di mia nonna venne fuori dal matrimonio e dalla separazione che ne seguì, poi prese corpo nelle sue uscite festive o feriali, a far da spalla a conoscenti e amiche ovunque ci fosse da andare. Accettava ogni richiesta senza pensarci due volte, unicamente per tenersi fuori dalla casa in cui era nata, e dove nessuno immagina di far ritorno dopo essere passati per l'altare.

L'aneddoto che aveva fatto storia, ed era entrato nella mia, risaliva a molti anni prima, quando mia madre aveva appena quattro anni. Il racconto dev'essere stato così chiaro e ripetuto nei dettagli da farmi distinguere l'ora tarda del crepuscolo, la stanzetta più lontana e alta della casa e il braciere di rame a dare caldo senza la prudenza d'uno schermo sui carboni accesi. Quella volta mia nonna aveva lasciato da sola la sua unica figlia, e aveva preferito fare strada a una sconosciuta che tentava di recuperare l'innamorato con le arti di una chiromante.

Quello che accadde era certamente prevedibile dalla mente di ogni madre: la bambina che si alza dal letto incuriosita dalle braci, la tentazione di toccare e poi la caduta di pancia; l'ustione che diventa febbre per la curiosità di chi non sa e domanda, quindi l'isolamento finché sulle scottature non fu possibile poggiarci il vestito. Sul ventre di mia madre non rimase nulla, il tempo lavorò da par suo a pulire ogni traccia, ma non seppe fare altrettanto col racconto, che s'infilò perverso nelle nostre sere, quando mia nonna ormai settantenne ancora non arrivava, ma i piatti sulla nostra tavola già fumavano per la cena.

Correvo al cancello per controllare la strada, e quando la vedevo spuntare quel filo d'ansia che faceva salire la tensione in famiglia si spezzava. Lei arrivava, arrivava sempre e salutava senza imbarazzo, tranquilla d'averlo più volte confessato che non avrebbe avuto mani buone a stringere o a mettere giudizio nelle cose che faceva. Io le sedevo di fianco e spesso la osservavo: mi avevano educato a criticare le sue manie di libertà spinte fin dentro un tempo in cui ci si dovrebbe arrendere e, probabilmente, cominciare a morire. Mia nonna non voleva e prendeva, prendeva dalla vita tutto quello che ancora desiderava, come se lo divorasse, lo rubasse, ma con la certezza incrollabile di farla franca. La vedevo mangiare e chiedere e pretendere con calma. E mentre pesavo tutto il disastro della sua esistenza, promettevo di non ripeterlo nella mia. In fondo avevamo mani diverse: tozze e piccole quelle con cui lei sottolineava ogni parola, le mie invece più sottili e lunghe. Era come se le ossa si fossero da principio ribellate modellando una diversità che più tardi avrei scoperto essere soltanto esteriore.

Io mi vergognavo di lei, e non so se accadeva perché era quello che mi avevano insegnato o se mi sarei vergognata comunque, semplicemente perché non assomigliava alle altre nonne che accudivano i nipoti e vivevano in famiglia sacrificando i propri spazi. Lei riusciva a conservarli e a invadere i nostri. Casa sua era sempre stata un luogo inaccessibile, e quando andavamo a prenderla in auto faceva segno che aspettassimo a distanza mentre chiudeva il lucchetto. Non aveva segreti, ma là dentro c'era tutta la sua vita e la difendeva con la brutalità di un cane a sentinella d'un podere. Mi guardavo bene dal desiderare di entrarvi perché non avevo mai avvertito di essere accolta, attesa: sentivo piuttosto di capitare a sproposito, quando il cibo era ormai andato in un modo e non si poteva aggiustare secondo i miei gusti o ipotizzare alternative.

La sola volta che mi tenne con sé, rientrai sfregiata da una caduta. La stradina che percorrevo di corsa nell'età in cui non si è ancora imparato a camminare, e magari la cattiva compagnia di quella borgata, mi tradirono coi loro ciottoli e la voglia di offendere. Era colpa mia in verità, o della spinta che ancora oggi mi sembra di sentire alla schiena, forse per mano di Nicla, la bambina che abitava nello stesso cortile di mia nonna e parlava mettendo uno strano sorriso nelle parole. Ma nessuno volle pensarci: fu più facile criticare la distrazione di mia nonna, non le mie braccia che stupidamente erano rimaste lungo i fianchi senza darmi riparo.

Lei non si difese e non domandò mai come andassero le ferite. Le sorvegliava da lontano e con sufficienza, quasi fossero un tranello in cui non le andava di cadere. Negli anni aveva imparato a non aggiungere, a non rispondere se aggredita, a non dare peso alle circostanze che si risolvevano. Si chiudeva in un silenzio che era rifugio, e guardava ogni cosa dall'alto pur essendo minuta quanto una ragazzina. Dopo il matrimonio fallito le era rimasto in mente un refolo severo e ostinato: le sussurrava ogni ora di stare in guardia, o il prossimo l'avrebbe imbrogliata da capo. E il prossimo in effetti poteva essere chiunque, persino io.

Il padre di mio padre e la madre della mia sono gli unici nonni che posso dire d'aver conosciuto, non amato. E fu reciproco, perché l'amore è altro, credo abbia a che fare coi regali dati senza il peso del sacrificio o con le febbri misurate di continuo. L'amore è un odore di cucinato pesante, è il martirio di chi ti chiede se hai mangiato e ti invoglia, quando rifiuti. Sta tutto nelle braccia, secondo me, e quelle dei miei nonni erano rimaste a lungo inerti, come le mie prima della caduta. In entrambi i casi mi ero fatta male.

Continuai a ferirmi in molti modi. Anche poco evidenti, eppure non meno capaci di lasciare segni. Accadde soprattutto durante la prima adolescenza, quando vissi un tempo difficile da definire e da raccontare: al mattino ogni luogo si armava di luce, ma io quella luce la sentivo venir giù come un rimprovero. Il mondo era diviso in due metà, e quella maschile era fitta di odio. Ne avevo già trovato nei bambini all'asilo che appiccicavano pallottole di muco sul mancorrente dello scivolo, poco prima che a noialtre venisse permesso di utilizzarlo. Lo avevo scoperto poi nell'ingratitudine di chi in classe riceveva lo svolgimento di un compito e lo copiava sulla minuta senza nemmeno dire grazie; e di sicuro senza perdere l'occasione di urlarti sconcezze per strada, alterando quella voce che ancora non aveva preso il suo timbro maschile; oppure di chiederti – mentre il suono della campanella distraeva l'insegnante – quando si decideva a crescere, sotto la camicia fiacca, quello schifoso petto di pollo.

Manuel soprattutto faceva così. Sedeva proprio dietro di me, che a quel tempo portavo capelli lunghi fin oltre la schiena e non ero sempre sicura che ci andassero a finire da soli nelle viti della spalliera per poi strapparsi ogni volta che mi spingevo in avanti. Sentivo di essere così estranea a qualsiasi gentilezza che arrivasse da quell'altra metà di mondo da convincermi che ne sarei stata per sempre esclusa.

Un giorno il diario di Manuel cadde a terra proprio sotto i miei occhi e certi ritagli di giornale si sparpagliarono sul pavimento. Lui si affrettò a rimetterli dentro, ma a me era bastato un attimo per capire e arrossire fino alla radice dei denti.

Non riuscii a voltarmi verso di lui per giorni, eppure, quando mi capitava di guardarlo mentre uscivamo dall'aula o sulle scale, era come se quel che avevo scoperto non lo turbasse minimamente. Come se una cosa vista da me non fosse da ritenersi veramente vista. Come se il mio eventuale disprezzo non andasse nemmeno considerato. Fu la prima volta in cui, anche al di fuori delle mura domestiche, ebbi la sensazione di occupare uno spazio improprio, quasi al pari della donna del colombario. Provai a ricordare in che modo fosse morta e mi accorsi di non aver mai sentito mio padre raccontarne. Lui era sempre avaro di parole, di racconti, e si stancava presto d'assecondare ogni curiosità. Da piccola questa sua distanza era dolorosamente incomprensibile, poi divenne un'abitudine quasi cercata, quasi da preferire. Quella maniera gli veniva da mio nonno: da quell'uomo che calcolava, inibiva e credeva esistessero individui su cui farla da padrone, esseri da piegare a gomito, fino alla curva più vertiginosa dell'infelicità.

A partire da quel modello avrei dovuto capire che anche per mio padre non poteva esistere altra condotta per muoversi nella vita. Ci pensavo ogni volta che preferiva guardare il telegiornale senza perdersi una parola, invece di provare a capire chi fossero i tre figli che sedevano a tavola. E mi fu ancora più chiaro quando ci permise di tenere il cane meticcio che un mattino trovammo addormentato in un angolo del giardino.

Mio padre era sempre l'ultimo a rincasare a fine giornata e a serrare il catenaccio esterno, perciò fu facile supporre che il cane lo avesse seguito la sera prima; che si fosse accucciato presso il cancello per poi infilarsi nel varco delle ante mentre lui, più tardi, depositava sul marciapiede la busta coi rifiuti. Quell'inspiegabile gesto d'amore che noi figli provammo a ingigantire ottenne un consenso che ancora mi punge, perché fu dato a condizione che il cane non girasse per casa, tantomeno in cortile.

"Gli animali sporcano," disse. "Dovrà stare sul terrazzo."

Per terrazzo intendeva la parte alta ed esposta della casa, una superficie senza riparo possibile, dove andavamo a stendere i panni. Il giorno in cui poggiai Rambo su quel cemento spaccato e rabberciato alla meglio, non potevo immaginare che da lì sarebbe sceso solo per la tosatura estiva e poi, dieci anni dopo, quando lo seppellimmo nel punto esatto in cui era comparso. Pensavo fosse solo questione di tempo e mio padre avrebbe capito che nessun essere vivente meritava un trattamento simile: passare i propri giorni legato a una fune che scorreva lungo un filo d'acciaio cementato nel muro di contenimento. Stare lì sotto ogni tipo di cielo e di stagione, per ricovero un bidone di latta fermato ai lati da due ceppi di legno, sul fondo un sacco di iuta che nessuno sapeva quanto avrebbe potuto contro la durezza e il freddo del metallo.

Chi siamo veramente, la reale misura dell'umano, non sono dati dal rapporto tra pari. È il riguardo per chi è più debole a qualificarci. Il nostro essere perbene è dimostrato dallo scrupolo con cui tocchiamo chi è diverso, svantaggiato oppure semplicemente nel bisogno. Insomma, da come sappiamo dosare la nostra forza in esubero e dal tipo di potere che esercitiamo, alla fine.

Mio padre non sapeva regolarsi, come non aveva saputo farlo il suo rispetto alla donna del colombario. Lei era stata quasi un piccolo animale tra le mani di mio nonno: un vivente depositato presso il camino e completamente alla sua mercé: un essere incapace di ribellione al pari di Rambo, che non aveva mai abbaiato (solo nel periodo degli amori guaiva come se cercasse qualcosa che in quello spiazzo di cemento non riusciva a identificare), aveva sempre mangiato tutta la scodella di cibo che gli portavamo e ogni notte si era arrangiato a dormire sul sacco di iuta senza tante storie.

Quando pregai mio padre di raccontarmi la scomparsa della sua seconda madre, fece un gesto ampio con la mano, quasi a dire che era cosa passata, che non serviva parlarne, ma soprattutto che era stupido quel mio interesse improvviso.

Furono in molti a darmi nota della mia pochezza di mente, al punto da farla diventare per me una convinzione seria. Ma se non potevo essere guardata per come ero, e neanche apprezzata a partire dai pensieri che avevo in testa, se la gentilezza con cui trattavo quell'universo maschile e nemico non veniva capita, ma addirittura fraintesa, per quel che in realtà era – ossia un disperato bisogno d'amore; se veniva semplicemente ignorata, ecco: quante ragioni restavano per continuare a vivere?

Avevo dodici anni da qualche giorno, quando una sera bevvi un intruglio di latte e prezzemolo perché in qualche luogo della memoria avevo archiviato l'avviso della sua tossicità. Non saprei dire chi me ne avesse parlato, o se quella notizia provenisse dal sogno. Lo mandai giù mentre la casa dormiva e neanche per un istante dubitai che quella miscela fosse letale – per quanto era sgradevole. Poi mi stesi ad aspettare gli effetti in un misto di curiosità e paura e pentimento, finché non presi sonno. Al mattino mi svegliai con la testa pesante, la pancia in disordine, e andai a scuola sentendomi in difficoltà lungo le ore, per le troppe volte in cui dovetti chiedere di uscire. Adesso so di aver scherzato troppo con la morte e la vita, né l'età riesce a giustificarlo. Quando pochi giorni dopo seppi della scomparsa di Angela, la sorella minore di un compagno di classe alle elementari, provai vergogna per quel mio tentativo, e sollievo per la sua invisibilità. La sensazione dolorosa di poter sparire senza che gli altri prendessero atto del come e del perché, lasciò il posto al bisogno di insabbiare quel gesto balordo, capace solo di tradire quanto fossi inaffidabile. Chissà che la donna del colombario non provasse la stessa dolce consolazione: quella di non esserci per nessuno, di occupare uno spazio non dichiarato eppure reale senza che gli altri intorno ne prendessero atto.

Ma perché questo fosse possibile occorreva attenzione nel contrarre legami, fare in modo che nessuno dipendesse da me. È la ragione per cui dopo Rambo non ho mai pensato di poter avere un altro cane. Forse non era neanche per la mia inaffidabilità, ma per il timore di diventare – come mio padre, come mio nonno – un cattivo padrone.

Il figlio del vedovo scaltro e la bambina che scomoda gli altari nacquero a dieci anni di distanza, e si incontrarono quando lei ne aveva solo quindici. Non so esattamente come accadde, se di sera o durante la giornata, se avevano amici comuni o se tutto fu dovuto al caso. Fin da quando ho coscienza, i miei genitori hanno protetto i loro inizi quasi fosse sconcio parlarne.

C'è un buco nelle loro vite, e di conseguenza nel mio racconto. Non riesco nemmeno a immaginare o a inventare, e la ragione è semplice: mi sembrerebbe di violare un luogo interdetto, di rompere i sigilli che loro hanno così accuratamente imposto su un tempo che volevano fosse ingovernabile. Erano stati soli e poi insieme, a un certo punto. Non sapevo altro di loro, come nulla sapevo del loro amore.

Una volta un compagno di scuola mi domandò se avessi mai sentito i miei *trafficare* di notte. Evitai di dirgli che dormivo nella stessa stanza, la condivisione degli spazi e il sacrificio della mia libertà mi facevano vergogna oltre che fastidio. Gli lasciai intendere che non avrei potuto udire, dato il numero di stanze che si frapponevano tra la mia e la loro. Da quella sera, però, prestai attenzione: accadeva poco, uno strofinarsi incerto e ingenuo quasi, un sussurrare appena che mi pareva insopportabile agli orecchi. Li tappavo con le dita e mi giravo rumorosamente su un fianco per farli smettere durante la mia veglia. Il silenzio della castrazione arrivava presto, poi mio padre scendeva dal letto e andava in bagno, il tonfo dello sciacquone e il colpo secco della porta chiudevano la faccenda.

Non mi sembrava un sacrificio doloroso, e nemmeno nelle ore di luce mi accadeva di valutare la loro pena nel moderarsi al cospetto di noi figli. Ero pronta a giurare che non fossero mai stati l'uno alla ricerca dell'altra, ma che esistesse piuttosto un bisogno reciproco basato solo sulle necessità quotidiane: lui chiedeva accudimento nel cibo, nelle camicie e nell'ordine domestico; lei, nell'avere di che vivere.

Il maestro di scuola non sarebbe stato affatto contento se avesse saputo cosa ne era stato della vita di mia madre: il suo andare a bottega, a imparare un mestiere subito dopo le elementari e la sua soggezione in famiglia. Era un uomo alto e occhialuto, e nell'unica foto in cui credo d'averlo visto – assieme a un mucchio di bambinette tristi nei loro grembiuli neri – indossava una giacca fuori misura su una magrezza che mi era parsa straordinaria, mentre era solo avviso di malattia.

Nei ricordi di mia madre, era l'unico ad aver trovato in lei quella scintilla d'ingegno che poi era stata sepolta sotto la cenere dei giorni. Ogni volta che si parlava di scuola e dell'indolenza di qualche studente, lei ripescava quel mattino di fine giugno in cui era andata a ritirare l'ultima pagella. Aveva indossato i panni della domenica e mia nonna uno scialle di cotone leggero per coprire sul vestito una chiazza stinta dalla varechina. Il maestro non era di tante parole, eppure quella volta s'era messo a cercarle.

"Signora Rosa," aveva cominciato a dire, ma subito dopo si era fermato. Parlava con imbarazzo, pur essendo ormai vecchio per certi pudori. Continuava a fissare la cattedra, perché doveva essere difficile guardare gli occhi vispi e sbandati che mia nonna s'era ritrovati in viso da quando viveva senza marito.

Ma vallo a spiegare alla gente – pure a quella studiata come il maestro –, ecco, vaglielo a chiarire che significa essersi uniti a un uomo incapace di sudore e di fatica. Mettiti a dirgli che si prova a dormire di fianco a qualcuno che non si alza all'ora giusta e crede che la vita sia un'eterna domenica. Le parole non sarebbero mai state abbastanza per lei. E certe cose, le erano rimasti solo gli occhi per dirle.

Mentre cercava il foglio con i voti, tutti eccellenti, da consegnare a quella donna sciagurata, di certo il maestro si domandava quali argomenti preferire e quali scartare. Aveva preso tempo perché sapeva che una vita còlta dalla sfortuna non si sa mai come trattarla, ed è ancora peggio quando il dolore diventa impertinenza.

Lei aveva stretto le braccia contro lo stomaco e anche se sapeva di venire da un altro mondo, fatto di scelte e decisioni che molti avrebbero facilmente confuso col disonore, sembrava dirgli, *Perché hai paura di me?* Poi ricordò tutto assieme: le chiacchiere dietro gli usci socchiusi, i discorsi spezzati di colpo quando entrava in un negozio, i sorrisi dei bambini che fuori scuola smettevano di essere innocenti.

"Allora?" aveva domandato con impazienza.

"Guardate qua." Il vecchio non aveva saputo trovare di meglio che indicarle col suo dito scarno e deformato dall'artrosi quanto bene promettesse quella bambina.

"E allora?" aveva insistito lei.

“Sarebbe un peccato,” si era ritrovato a farfugliare il maestro. “Io lo capisco,” aveva aggiunto, “il bisogno che avete e anche la mancanza di mezzi, ma sarebbe un peccato.”

“Spiegatevi meglio.”

“Lei...” e gli era sembrata una liberazione poter poggiare gli occhi sulla bambina come fosse ancora tempo di scuola, e mia madre una piccola vita ancora sua, “almeno lei potrebbe fare qualcosa di buono, non la sacrificate.”

Solo dopo che quelle parole vennero fuori si rese conto di non averci pensato abbastanza e avrebbe voluto aggiustarle con la sua penna rossa, come nei temi delle bambine. “Mandatela avanti con la scuola, insomma,” concluse in fretta, quasi a togliersi un peso dalla testa.

Mia nonna aveva sorriso tra sé: “Le medie sono lontane, non stanno qui al paese”.

“Ma c’è un pulmino giornaliero, basta pagare mensilmente e la bambina...”

“La bambina, se vale come dite, farà qualcosa di buono anche senza scuole. Forse lo farà ancora meglio.”

Mia madre aveva guardato il maestro: lui conosceva a memoria tutte le province d’Italia, tutte le capitali del mondo, risolveva divisioni con tante cifre, e non gli sfuggiva una doppia mancata anche se portava lenti fonde, che gli facevano gli occhi lontani e piccoli. Sapeva di certo cosa dire adesso a quella donna che leggeva a fatica e i numeri li vedeva solo di sabato, quando andava a giocarseli al lotto. Lui poteva salvarla perché portava sempre sotto il braccio quel giornale che a casa loro arrivava solo grazie ai cartocci del pesce fresco. Invece lo sentì dire alla madre qualcosa per cui non serviva aver studiato.

“Pensateci almeno,” semplicemente. E le passò un biglietto con un numero da chiamare per accordarsi sulla retta del pulmino.

Mia nonna lo prese col gesto deciso di chi sa già come regolarsi, e senza nemmeno ringraziare lo infilò nella borsa di pelle nera. Appena fuori aspettò di aver girato l'angolo. Cercò il pezzo di carta e lo strinse nel pugno prima di lasciarlo cadere lungo la strada. Era una truffa, uno spreco alla maniera del vestito da prima comunione. Le mani, come ormai le risultava dall'ozio del marito, non andavano lasciate in quiete e di quel lavoro nascosto nella testa non riusciva a importarle, perché non dava garanzie di mestiere.

"Domani andiamo a parlare con la Nera," disse. "E se non sta troppo piena di ragazze, forse ti prende."

La Nera teneva a bottega una serie di ragazzine fresche di scuole abbandonate e aveva addosso una pelle che pareva venisse da lontano. A loro avrebbe insegnato come usare il metro sui corpi, come tagliare un cartamodello e poi uno scampolo di stoffa: insomma, avrebbe messo nelle loro mani l'abilità delle sarte. Mia madre era capace e scrupolosa, sicché tra le nuove arrivate fu la prima ad avere la fiducia d'uscire dal laboratorio per le misure. Lei non si confondeva né dimenticava come fare, non lasciava gli appunti sul tavolo delle clienti per poi regolarsi sui ricordi e sbagliare; metteva l'educazione giusta nel saluto d'entrata e d'uscita, non prendeva dolci né sollecitava le mance: tutti si stupivano che fosse venuta fuori così bene pur se da mia nonna e da un padre mancato. Il distacco dagli altri lo calibriamo a partire dai nostri limiti, e se nasci con uno svantaggio – che sia una menomazione o una chiacchierata orfanezza – cercherai sempre di colmarlo col garbo, la bontà o con una superiorità qualsiasi, comunque nata per castigare. I modelli non sono che questo: un paragone insopportabile e insostenibile, l'eterno dito puntato sulle miserie di chi non è capace d'imitazione. Mi domando se la ricerca della santità non comporti nell'altro un disagio simile alla pratica della scelleratezza, e se la voluttà della mansuetudine non ci riconsegni a un gregge meno innocente.

Io sarei diventata come mia madre: un capolavoro d'obbedienza, e chissà quante volte il mio stare al mondo avrebbe gridato contro quello degli altri che deviavano o, più semplicemente, vivevano. Mi sentivo inarrivabile dai miei coetanei, lontana e incolpevole, chiusa in una solenne ortodossia dei giorni.

Ero qualcosa di bianco. Vago alla pari di quel colore che a me sembrava la tinta del vuoto e dell'assenza cromatica. Come lui ero indefinita e indefinibile, la mia purezza – in base a quanto mi era stato insegnato – poteva coincidere solo con lo sgombero di ogni passione o desiderio. E come lui ero invisibile.

Ora so che non esiste via più disperata di quella che vorrebbe condurti alla perfezione. E mi stupisco che non sia mai passato – mille e mille volte – nella mente di qualcuno quanto potessi essere immorale, perché indietro più di tutti, e perché prima o poi avrei arrancato a tenere il passo di quella lontananza e mi sarei persa.

Questo però poteva capitare a me, non a mia madre. Negli anni in cui restò a bottega fu silenziosa e metodica. Al mattino usciva quando doveva, preferiva portare in borsa due fette di pane nero anziché valutare l'idea di tornare a casa, dove rientrava solo nel tardo pomeriggio, la fatica accumulata nelle scarpe e poca voglia di finire la giornata nella piazza del paese.

Non rimproverò mai alla madre di aver forzato il prete, disobbedito al maestro, né lo avrebbe fatto anni dopo quando vennero a offrirle la possibilità di trasferirsi a Roma, per lavorare nell'atelier delle sorelle Fontana. Preferì altro, e a vent'anni raccolse in cima alla testa quei capelli che aveva sempre lasciato liberi. Li sacrificò sotto una buona quantità di forcine e mollette e pettinini, e andò a sposarsi.

Adesso ricordo il gesto: di chinarsi in avanti per appuntare i capelli, poco prima di tirarli indietro e domarli in un'acconciatura morbida e voluminosa. Era l'unica frivolezza che si concedeva: una pettinatura fuori luogo, da eterno matrimonio. La conservò per sempre, anche quando i capelli si diradarono schiacciandole la forma della testa, anche quando li sentì incapaci di trattenere le forcine che io e mia sorella trovavamo seminate un po' ovunque, nascoste negli angoli, impigliate nelle tende, fastidiose sotto le suole.

Quanto al vestire, mia madre sceglieva colori smorti, bluse che cadevano in avanti facendo pieghe morbide, utili a cancellare ogni forma. E poi usava bottoni, tanti bottoni e ganci, come per tenere a chiavistello quel corpo che – sotto la stoffa – continuava a vivere. Credo ne facesse addirittura una questione morale. Forse per questo a un certo punto sostituì la cucitura di gonne e camicette e tailleur tanto succinti e leggeri da suggerire disponibilità, con un lavoro meno soggetto alle fantasie, ma più dozzinale e meccanico. I cartamodelli sparirono, il suo quaderno delle cifre venne utilizzato per i conti della spesa, il gesso smise di sporcare, gli spilli con la capocchia colorata rimasero infilzati in una bambola di pezza che pendeva floscia di lato alla finestra. Casa nostra fu invasa da panni di cotone bianco tenuti assieme da uno spago robusto, e mia madre prese a cucire bordi scadenti su lenzuola e federe prodotte in serie. L'unico sollievo che le venne fu di sottrarsi alle richieste delle clienti, non vederle più tornare indietro scontente per un taglio che dava poca giustizia ai loro fianchi o per una scollatura poco profonda. Studiavo in cucina, in quel viavai di donne e ragazze che fin dalla prima prova avevano nella voce l'impazienza di piacere a chi le avrebbe guardate con addosso l'indumento per cui pagavano.

"Qui," facevano segno pinzando la stoffa tra due dita per mostrare quanto eccedesse e quanto bisogno ci fosse di stringere, di fasciare il corpo, non di infagottarlo alla meglio.

Mia madre, uno spillo tra le labbra, annuiva a malincuore mentre spostava la cucitura in avanti. Anche con me e mia sorella esagerava le misure quando, dallo scampolo generoso d'una cliente, provava a tirare fuori una casacca da tenere poi solo in casa – per evitare si scoprisse l'avanzo.

"Nei vestiti devi starci comoda," mi diceva mentre la sentivo armeggiare contro le anche e calare il tessuto ben oltre le ginocchia. "Non devi avere pensieri quando ti siedi o ti abbassi a prendere dal pavimento."

Per stare comode, io e mia sorella vestivamo senza grazia, come massaie. Sempre sprofondate in una taglia di troppo, dapprima per prevenire gli effetti della crescita, poi per riparare alle possibilità dell'ingrasso. In casa nostra c'è sempre stata una diretta proporzionalità tra la decenza e i centimetri di lino o di flanella a cui eri disposto a sottometterti. Il corpo era un animale da tenere a bada – sembrava dirmi mia madre; a catena – avrebbe corretto mio padre.

A lungo pensai che nulla di ciò che ci riguardava potesse avere a che fare con la sconcezza del fuori, poi un giorno vidi Imma. Ero sull'autobus che mi riportava a casa e i ragazzi tra cui ero rimasta incastrata a un certo punto avevano preso a ridere e a darsi gomitate. Quello più accosto al finestrino si era sporto per urlare qualcosa contro una donna che avevo notato appena, seduta su una sedia all'imbocco d'una stradina secondaria, una di quelle che si perdono nella campagna e non vanno da nessuna parte. In seguito provai a farci caso, a quella donna, ma non fui fortunata. Una volta c'era pioggia, un'altra finivo sepolta sui sedili del lato opposto, un'altra ancora trovavo semplicemente la sedia vuota. Finché un giorno l'autobus non cominciò a mandare fumo nero poco prima che arrivassimo all'altezza della stradina. Obbligati a scendere in fretta proprio lì, per aspettare la corsa sostitutiva, fu allora che la vidi, Imma. Non era seduta, s'era accostata una macchina e lei in quel momento – una mano poggiata contro lo sportello – era andata a sentire cosa avesse da dirle l'uomo al volante. Aveva abbandonato sulla sedia il giornale che stava leggendo, la borsa di pelle marrone e uno scialle rosso vivo che dalla spalliera cadeva con trascuratezza nell'erba nuova. In lei non c'era nulla di appariscente, tuttavia anche in seguito, quando ho visto altre infelici sostare sul ciglio d'una strada, ho sempre pensato a Imma: alla sua gonna al ginocchio, alla sua maglia senza pretese, ma anche a quella inequivocabile offerta di sé che proveniva unicamente dai sandali vertiginosi e scollati, fatti per raccogliere il pietrisco e la polvere. Ciò che mi stupì di lei fu la testa, era pettinata alla stessa maniera di mia madre: capelli raccolti in alto e fermati forse al mattino con diligente pazienza. Fino ad allora mi avevano sempre portato a un tempo fatto di colazioni in famiglia, disciplina domestica e grattacapi monotoni, il tutto mischiato a un certo acidulo candore. Eppure, adesso in lei non riuscivano a stondare quel devastante senso di lussuria che al solo guardarla sembrava trafiggerti. Imma ti entrava negli occhi e tutta una fantasia di letti cigolanti, un ansimare indecente e promiscuo, un senso di ripugnanza non del tutto privo di godimento si facevano avanti con la ragionevole calma del proibito. Quella somiglianza mi sembrava un'offesa e una bugia: come se non potesse reggere che quella donna facesse gli stessi movimenti di mia madre, leggesse cose che avrei potuto leggere anch'io e si portasse in borsa le solite cianfrusaglie di una donna qualsiasi.

Dopo aver ascoltato, la vidi scuotere la testa e staccarsi dallo sportello con un movimento irrevocabile per tornare a sedersi. Lei e l'uomo non si erano intesi. Solo quando la macchina ripartì, Imma riprese a guardarsi intorno e mi scoprì a fissarla.

Non era giovane, eppure divenne orribilmente vecchia rispetto ai miei sedici anni quando mi sorrise senza preoccuparsi dell'ammanco di un dente, ma ancor più quando mi mandò un bacio sporgendo le labbra con esagerazione e agitando la mano come si potrebbe fare con un amante. Conoscevo di lei solo quello che passava dagli occhi, allora – per il bisogno di nominarla – cominciai a prestare orecchio a quel che le urlavano i ragazzi dai finestrini della corriera.

"Imma-cazzimma!" li sentivo gridare, battendo contro i vetri infrangibili i palmi ancora imbrattati d'inchiostro. E in un attimo erano già grandi, capaci di infierire nel più terribile dei modi, spacciando per scherzo quella stilettata quotidiana. Allora pensavo che il male non avesse grandezza: era solo qualcosa di stupido e volgare, che non indovinava la misura, che non stava nel suo ed eccedeva, quasi un sarto ottuso al pari di mia madre.

Imma a quelle voci non rispondeva, si limitava ad alzare il braccio mostrando il dito medio con la stessa sfrontata tranquillità con cui mi aveva sorriso.

Quel gesto elettrizzava i ragazzi, li vedevo spintonarsi e ridere, ridere come se davvero ce ne fosse motivo, e in una maniera che mi infastidiva perché a casa nostra non c'erano mai stati motivi che giustificassero una risata.

Giravo la testa ricordando le parole di mia madre:

"Non perderci tempo e testa appresso ai maschi, o la vita non sarà più roba tua".

Spesso provo a immaginare cosa ne sarebbe stato di tutti noi se mia madre avesse avuto più coraggio per andare via e mia nonna meno fermezza nell'impedirglielo. In quel microcosmo familiare ogni cosa avrebbe trovato ben altro modo di esistere, scoprendo equilibri e possibilità che non avrebbero incluso mio padre.

Invece tutto andò come doveva e la sola rivolta che mia madre si concesse fu l'acquisto periodico di fotoromanzi e la lettura dei racconti di Elisa Trapani sulla rivista "Sogno". Si ribellava così all'analfabetismo imposto dal mestiere, che la chiamava a scrivere solo cifre. Molti anni dopo, quando cominciai a leggere fino a rovinarmi la vista, mi disse che questa *cosa* che avevo dentro veniva da lei, e mi citò tutta una serie di giornali e riviste che non avevano alcun valore ai miei occhi.

Era difficile dire in che misura fossi diversa, ma nascondevo senza dubbio una mancanza, una cupezza, forse una trave disposta di sbieco che mi impediva ogni linearità.

Vedevo gli altri bambini urlare, pretendere il loro posto nel mondo, io credevo di aver già preso più del dovuto. Lo pensavo da quando qualcuno aveva fatto cenno a me come a una storia triste dal finale lieto, ricordando a mia madre il suo avvilimento nell'avermi scoperto in pancia. Avevo creduto che i figli fossero prova certa dell'amore e di un desiderio che prende carne, ma imparavo che c'erano molte altre cause meno governabili: io provenivo da una di quelle.

Arrivata otto anni dopo il secondo figlio, non potevo che essere l'errore di una notte mal calcolata, un incidente che ti obbliga a rispolverare oggetti accantonati in soffitta e a riempire la casa di nuovi strilli.

Impariamo da piccoli a essere ciò che diventeremo, da allora cominciai a dubitare del mio senso e della mia legittimità: sperimentavo, insomma, la vergogna di esserci. Forse per questo ho sempre evitato l'ozio e la mediocrità. Tentavo di coprire la mia usurpazione all'origine e vivevo come fosse un disonore ogni dichiarazione di stanchezza, ogni mancanza.

Da che sono nata, non posso dire d'aver mai ceduto al riposo pomeridiano oppure a una sveglia mattutina che non tenesse conto degli impegni altrui. Poco importava che d'estate non ci fosse scuola, le finestre della stanza che non potevo dire mia si spalancavano a giorno alto e i doveri domestici di mia madre o quelli di mio padre coi suoi turni di lavoro, i suoi malesseri, mi riguardavano: diventavano ogni volta miei.

Se adesso sono stanca è perché ho vissuto anche il tempo e il corpo che erano d'altri: mi sono alzata col buio quando la reperibilità chiamava dall'ospedale e mio padre avrebbe trascorso il resto della nottata a guidare l'ambulanza; ho ansiosamente calcolato i tempi stretti in cui ultimare le consegne di mia madre e le ore da sottrarre al sonno; fin dalle elementari sono stata costretta a misurarmi con gli anni adulti di mio fratello, con la sua inconcludenza negli studi, e con l'appagamento casalingo di mia sorella che sembrava suggerirmi la calma di chi non può chiedere niente oltre quello che gli è dato, tantomeno sfuggire al destino che gli capita. Nel mentre, ho attraversato anche ogni loro malattia: ho sfiorato il coma ipoglicemico di mio padre, i suoi crampi notturni e le incontinenze; ho vissuto i capogiri di mia madre e i suoi dolori alle ossa; ogni febbre d'altri era roba mia, ogni mancamento mi ha sfinito. Compilavo il mio esoso libro dei conti e delle somme, ben sapendo che nessun debito poteva sfuggire o cadere in remissione.

Famiglia era questo: una messa in comune del privato, un difetto dell'autonomia, una continua chiamata in causa dell'altro, un sostenersi che diveniva peso. Più esattamente, una responsabilità reciproca a oltranza. Non ne ho mai desiderata una mia perché non c'era per noi un fuori a cui mescolarsi, esisteva solo un insieme in cui incancrenire sino alla fine, legati da una corda tanto spessa quanto disumana. Ciascuno aveva quasi un'invalidità latente che lo faceva dipendere dall'altro, ma erano soprattutto mio padre e mia madre ad aver bisogno di noi figli per smorzare i loro urti ricorrenti. Diventavamo il rimedio ai loro silenzi, gli interlocutori a cui rivolgersi dato che l'altro non meritava parole. Ciononostante restavamo sempre e comunque figli altrui, poiché nessuno dei due voleva ammettere la parte avuta in quel disastro. Del resto neanche riconoscevano di essere sposi, se in pubblico non li udimmo mai parlare di "mia moglie" o di "mio marito", come rispetto a noi, da che ricordo, furono soltanto "tua madre" e "tuo padre". Non ebbero mai l'istinto dell'appartenenza: ognuno era cosa d'altri, mai propria. In una tragica anticipazione di ciò che sarebbero stati da vecchi, quando smisero di accudirsi e persino di affrontarsi diventando inevitabilmente e completamente *cosa nostra*.

Mi accorgo di ripercorrere il tempo della mia vita in modo casuale. Non ho il ricordo degli anni, delle estati o degli inverni, restano i singoli giorni e ancor più i loro dettagli. Ci sono particolari che giacciono sepolti come scorie in deposito, ma che poi al minimo movimento di vita tornano in superficie, a intorbidarla. La mia testa, ormai, mi è inospitale e agisce per condensazione. Allora inverno è scuola, scuola senza fine per me che ho deciso di restarci anche dopo averla conclusa; ma è anche il freddo delle nostre stanze e noi che ne rendiamo vive solo alcune, le più frequentate, per evitare ogni spreco di cherosene; è svestirsi in fretta e a turno nel corridoio dove la stufa scotta le ginocchia più che scaldarle; per me, è soprattutto il dramma di indumenti senza femminilità e coscienza di essere indicata dalle compagne quando passano in rassegna il ridicolo; è anche l'imbarazzo delle bende di cotone a frenare il mestruo e la paura di sporcarmi, o d'averlo già fatto prima di alzarmi per l'interrogazione; è il desiderio urgente, nutrito fin dal menarca, di infilare assorbenti sottili nella tasca dello zaino; è la paura d'un controllo sanitario imprevisto, che mi trovi arretrata e contadina: il panno arrossato delle donne, ma gonfio come se fossi nata anche maschio; sono anche le feste, le infinite feste a cui non vado, perché ad averlo fatto ne ho ricavato le inquietudini del prima e la delusione del poi; è inoltre il leggere quasi non dovesse fare mai luce o potesse arrivare da lì tutto ciò che perdo un giorno dopo l'altro.

L'estate invece è molto meno, perché è un tempo in sottrazione rispetto ai doveri ufficiali. Allora esiste solo quello che non va fatto e resta ben poco oltre al dare aiuto: a sprimacciare i materassi, a preparare le conserve invernali, a tenere fermo lo scaletto d'alluminio su cui mio padre sale per ritinteggiare gli ambienti e sentirlo smadonnare per il fastidio e la fatica; estate è scoprirsi senza essere volgari, che altrimenti è colpa tua; è arrischiarsi per le vie e rincasare col cuore in gola se qualcuno ti ha guardata; è sentire che tutto è reso perverso dalla soggezione a ciò che continuamente non accade.

Le estati sono rimaste a lungo identiche, forse a causa mia che non ho saputo farmi adulta. Il tempo mi ha assecondata nel suo stare immobile senza montare, crescere: solo con me ha dimenticato il suo mestiere.

Gli altri sono andati avanti a mia insaputa. Mi capita di incontrarli con figli ormai grandi, matrimoni falliti e nuove convivenze che sperano – alzano gli occhi al cielo e sperano – possano funzionare. Hanno imparato che tutto cambia a questo mondo. Che non ci sono quelle regole a cui io mi tengo stretta. Che le convinzioni a cui chiedo conferma e quell'approvazione che non mi verrà mai offerta sono solo un modo per rallentare la vita finché non sarà tardi.

Tutto cambia, ma io resto incastrata in questo tempo senza gratitudine.

In fondo ho sempre pensato che fossero castighi, le giornate difficili, soprattutto quelle che capitavano a settembre, a ridosso della ripresa scolastica, quando i miei fratelli e io avevamo il compito di raccogliere le noci dei nostri alberi.

La chiamavano ricchezza, quella di possedere terre, ma io ne avrei fatto a meno perché sapevo quanto costava. Sapevo quanto potesse dolere la schiena che tenevi piegata per almeno sei giorni di fila e quanto impaccio venisse dalle dita che si macchiavano per il liquido del mallo. Sapevo che avrei abbassato gli occhi davanti all'uomo che si arrampicava sugli alberi senza alcuna protezione se non l'esperienza, e sentivo tutta l'indegnità del mio essere lì. La sua pelle scura, le mani nodose, sporche di terra e fatica, rimproveravano il mio disagio, lo intuivo dalla forza con cui batteva i rami usando la pertica. Ero io quella fuori posto per difetto di fierezza e non avrei avuto il diritto di sollevare una sola noce da terra, il mio sudore nient'altro che pantomima da tarda estate, le mie dita poco credibili nei gesti compiuti per obbedienza. Questa sensazione poi non ha smesso di perseguitarmi ovunque andassi – all'università, a scuola quando cominciai a sedermi dietro la cattedra, di fronte ai miei ragazzi, o le rare volte in cui cedevo alle richieste di un'amica e provavo a uscire di casa. L'istinto di nascondere le mani è rimasto vigile, e anche se era solo una mia impressione ho sentito molte volte la terra farsi largo e spessore sotto le unghie ormai candide di sapone. E così la schiena, che ha smesso di soffrire ma non d'incurvarsi, neanche fossi rimasta bambina e incauta, a sperare che la pioggia di noci mi evitasse nonostante il suo bisogno di castigo.

Mi confrontavo con un dolore elementare, quasi schematico, che era conseguenza rispetto a un'origine. Allora pregavo mi risparmiasse, ancora un anno, ancora un giorno, un'ora almeno. Volevo che mio padre tornasse tardi dal lavoro, che un imprevisto lo trattenesse: lui avrebbe controllato i sacchi di noci fresche e avrebbe trovato qualcosa da ridire (che erano troppo pieni, le corde di chiusura troppo lente, di sicuro da qualche parte ci sarebbe stato un foro che avremmo dovuto rammendare). A nulla sarebbero valsi i nostri sforzi di frugare in mezzo all'erba perché neanche un frutto ci sfuggisse, qualche mancanza avrebbe azzerato la nostra cura e lui sarebbe stato in credito, sempre in credito: per il solo fatto di averci messo su quella terra che io avrei tanto voluto scrollarmi dalle dita e dalla carne.

O forse no. Forse non è un pensiero di allora, questo, ma una sovrapposizione dal presente. Allora avevo solo certezze che poi il tempo ha demolito.

Crescere per me non è stato altro che smentirsi: anche mio padre commetteva errori (lo capii quando scelse testardamente il peggiore impianto di riscaldamento, dilatando la mia percezione dell'inverno); anche mia madre poteva non distinguere il bene dal male e indirizzarmi al peggio (lo fece quando cominciò a crescermi a pane e paura riempiendo la mia vita di fantasmi).

Eppure, alla maniera di ogni bambino, ero nata credendo di essere Dio e che il dolore, la morte non mi riguardassero. Certa di potermi lanciare nel vuoto senza patirne, durante il catechismo non avrei capito le perplessità di Cristo davanti al dilemma del Pinnacolo. Io mi sarei salvata, e non perché una legione di angeli mi avrebbe sorretto nella caduta, ma perché la fine, il male per me non erano previsti. Nei primi anni correvo senza sentire la fatica o l'affanno con cui i grandi facevano gli scalini. I coltelli mi avrebbero scansato, quando avrei avuto l'età per tagliare il pane e metterlo in tavola. E il tempo, nemmeno lui mi avrebbe toccata: sarei rimasta piccola e immortale, l'avvenire un sogno da cui mi sarei svegliata ogni mattina.

Oggi penso ai miei primi anni di vita come a uno spazio siderale. Quando mi capita di vedere gli astronauti che galleggiano nel vuoto atmosferico, mi sembra di condividere con loro una mancanza. Galleggiavo anch'io nel vuoto di parole banali fatte per intendersi durante la giornata. Credo che le bestie vivano così, ma anche più seriamente di noi se s'affidano all'istinto e a una gestualità legati al bisogno. Le parole di quel tempo mi guidavano nel mangiare, bere, dormire (del gioco si poteva già fare a meno), ma non spiegavano né insegnavano. Questo sarebbe toccato ad altri, i miei genitori hanno implicitamente delegato ai libri e a estranei la mia educazione, limitandosi a tenermi composta. Ma al mondo non si sta composti, si sta vivi: questo avevano sempre evitato di dirmelo.

Ho dovuto cercare e trovare molti padri e madri lungo la mia via, a ogni angolo qualcuno mi ha chiesto di avanzare in mille direzioni, le stesse da cui mia madre mi aveva mille volte messo in guardia: non correre, non sudare, attenta ai gradini di marmo quando piove; non mettere alla prova le tue ossa: si spezzerebbero; non litigare: perderesti; non alzare la voce: comunque ti ignorerebbero; non ribellarti: ti sottometteranno; proteggiti e non fidarti o ti maltratteranno; resta nel solco, rimani antica: ti giudicherebbero; non cambiare le scarpe comode: ti affaticheresti; il mondo è sporco: non averci a che fare; resta buona: nessuno potrà criticarti; la vita è qui, fuori è l'inferno: tu non andare; sii perbene: conta più dell'essere felici; non conoscere le strade di notte: ti smarriresti; usa le chiavi e non dormire prima di aver fatto il giro delle porte; non dare spago alla vergogna: la gente saprà; non rischiare: avresti la peggio; non saltare: ti faresti male; non fare docce troppo fredde e nemmeno troppo calde; non fare niente che sia troppo; misura il passo: non te ne pentirai; non sprecare: risparmia per l'avvenire; il godimento è superfluo (come tutto ciò che non dura), allora non godere; troppa vita fa male, prendila in piccole dosi, se riesci prendine il meno possibile: è una roba che inquieta e tu non sapresti reggerla.

Oltre le ammonizioni c'era altro, però. C'era un pomeriggio d'estate in cui io avevo corso per poi sdraiarmi sul letto grande insieme a mia sorella. Non lo sapevo ancora, ma la mia adolescenza si sarebbe specchiata nella sua replicandola fin dove avrei potuto. Tantomeno immaginavo che in seguito avrei sospettato di rubare, a ogni pretesa di vivere, ciò che le sarebbe mancato (i fidanzati, le uscite di sera); che avrei avvertito sempre una stretta al cuore nel vederla piangere per le sciocchezze e tenere duro innanzi alle rinunce serie. Soprattutto, che avrei provato ad alleviare le sue insoddisfazioni condividendole, arrivando a credere che a spartirci il destino invincibile d'essere nate figlie lo avremmo reso meno cattivo. Quella volta, nel poggiare la mano sullo sterno, avevo sentito qualcosa picchiare da dentro.

Maria mi aveva spiegato che era normale e che ognuno aveva in petto quell'inquilino rumoroso, forse appena di più quando sfrenavi le gambe.

"E se si ferma?" avevo chiesto.

"Se si ferma è un guaio."

"E perché?"

"Perché muori."

Io non ne sapevo niente del finire. Avevo visto un gatto darsi a una folle danza dopo il colpo d'una macchina e poi sdraiarsi sul ciglio della strada, dove era rimasto per giorni a chiamare mosche. Covavo da allora quasi un senso d'allegria per la possibilità di aver visto altro, e che non vi fosse dolore in quel movimento incontrollato. Ancora mi capita di pensarci quando qualcuno scompare, ma adesso correggo il passato perché so che quella era l'isteria della fine: un cortocircuito dei nervi in ribellione, per l'ultima volta, contro l'immobilità che veniva assieme alle mosche.

Perciò a sei anni, mentre uscivo per andare a scuola – in

testa il catalogo dei pericoli e le parole di mia sorella –, sapevo che d'ora in poi mi sarei riparata da ogni caduta, perché ormai avevo definitivamente smesso di essere Dio.

La domenica è un giorno come tanti. Un tempo avrei voluto fosse sempre domenica, mentre ora desidero una ferialità eterna, forse perché non so più pregare. L'ho fatto per anni ed era quasi una violenza: ogni domanda lo è, ogni richiesta che costringa il gesto. Pensavo che se un bene potesse venirmi non sarebbe arrivato spontaneamente, ma dall'invito: il miracolo andava preteso, o saremmo rimasti senza grazia. Convinta che le sole forze non bastassero, raccoglievo la mente e domandavo senza ritegno, fossero piccolezze oppure enormità.

Posso dire di non essere mai stata ascoltata dagli uomini, tantomeno da Dio, però mi accompagnavano. Stendevo la mano e sentivo che il mio fianco non era libero e la nuca si chinava sotto un peso invisibile. L'occhio degli altri mi seguiva e in quella folla, in quell'ingombro, c'era anche Dio mescolato al pettegolezzo. Dio che nel tempo divenne altro da me, e a un certo punto fu mio padre quando criticava gli amici che portavano la famiglia in vacanza o a divertirsi nel fine settimana; divenne mia madre la volta in cui mi parlò di una ragazza della mia età che aspettava un bambino – senza preoccuparsi di chiarire che questo poteva accadere per eccesso e disordine d'amore, non necessariamente per brutalità. Sarebbe stato anche mia sorella quando teneva il conto degli adulterî del vicinato, senza comprendere la difficoltà del restare fermi nel sentimento che si è giurato. Ecco, mia sorella diventava Dio quando giudicava e castigava usando un'asta di ferro contro un mondo che andava in briciole, e vi andava perché la sua legge era il mutamento, non la fragilità. Io assorbivo ogni pensiero e parola. La mia fede si riduceva a un impegno pronto a guidare il resto, che altrimenti non avrebbe retto. Era qualcosa a cui mi piegavo come in avvenire, davanti a un uomo, mi sarei inchinata ad altro.

Nel corso degli anni avevo cumulato una serie di atteggiamenti applicabili alle situazioni più diverse. Doveva essere quello che chiamano carattere, e nel mio caso diveniva vocazione a non creare incomodo né sorpresa. Era il godimento dell'obbedienza e della sottomissione all'ordine: un talento senza pari nel farsi invisibili. Una pratica che poteva dare sfogo a molti esiti imprevisti e portarti a essere un malvivente, oppure solo un individuo rigidamente perbene.

Gli altri erano diversi, sapevo di ragazzine che saltavano giorni e giorni di scuola, si nascondevano nella vicina stazione mescolandosi ai pendolari e agli studenti dell'università. Alcune di loro andavano a Napoli, e rientravano in tempo per l'ultima campanella, poi ne parlavano in classe il mattino dopo, ne parlavano come di una sciocchezza che le aveva persino annoiate. A me Napoli sembrava un paese lontano e inaccessibile, non avrei saputo consultare il tabellone delle partenze e se anche avessi trovato il coraggio di farlo non mi sarei fidata. Poteva non essere aggiornato, potevo confondermi a seguire il rigo giusto con l'indice o ricordare male, poteva esserci uno sciopero, un guasto, un evento qualsiasi che mi avrebbe scoperta: il mondo intero avrebbe saputo che ero andata a Napoli a tredici anni, mescolandomi alla gente e ai pericoli. Nessuno avrebbe creduto che volessi semplicemente vedere il mare.

Avevo continuato a guardarla da lontano, la stazione, e ci ero entrata solo da matricola, allora l'avevo vista: uno stanzone tinteggiato di verde, ma scrostato in molti punti; le pareti piene di scritte oscene, qua e là gli stessi disegni che ritrovavo sui banchi di scuola o nei gabinetti, negli angoli un odore di urina e gatti in calore. Chissà perché l'avevo immaginata diversa, come un luogo in cui fosse possibile appartarsi. Doveva pur esserci uno stanzino, un bagno, uno spazio qualsiasi che si sottraesse allo sguardo per proteggere il male, invece quell'esposizione piena alla vista sembrava dirmi che gli anfratti, le imboscate e le sconcezze erano solo nella mia testa. Quello stanzone era innocente in ogni parola e segno che recava, in ogni schizzo a lordarlo, ma non ero innocente io per le infinite volte e gli infiniti modi in cui lo avevo immaginato.

Oggi riconosco le minacce della fantasia: come possa contaminare luoghi e persone per farli diventare ciò che mai sono stati, come possa farti immaginare ciò che non hai visto e, senza alcuno scrupolo, collocarlo nell'esistente.

So che la mia innocenza era una trappola: mi aveva rinchiuso in quello stanzone sporco per anni, mi aveva appestato la pelle e messo incinta. Mille uomini mi avevano abusato e maltrattato, perché ero stata io a inventarlo, quindi a farlo accadere. Credo d'aver imbrattato anche Napoli immaginandone l'astuzia delle stradine fatte per sviare, pensandola come luogo da cui si tornasse inevitabilmente violati. La prima volta che vi camminai fu come prendere coscienza d'un ritardo e d'un errore. Tutti l'avevano già vista e non c'era niente che potessi aggiungere senza sbagliare. Esistevano due Napoli: la mia, quella che avevo costruito stando seduta al primo banco, origliando i discorsi di chi l'aveva scoperta; e poi la città reale, che mi venne incontro col suo caldo e il chiasso la prima volta che vi misi piede, ed era un luogo come un altro – così distratto da non saper neanche farmi del male.

Nelle ore in cui l'ho abitata ho guardato spesso l'orologio: mi atterriva la possibilità di restarvi oltre il necessario, che il binario cambiasse all'ultimo istante e io non riuscissi a raggiungere la vettura giusta o andassi a perdermi in un paese altrettanto sconosciuto. Chissà perché non ho mai pensato di poter prendere il treno successivo, o di poter ritornare indenne da qualsiasi destinazione.

Ho creduto tanto poco in me da affidarmi al primo passeggero che sembrasse attendibile e chiedere. Come se l'errore fosse solo mio.

Chissà perché non ho mai pensato di potercela fare ad andare avanti, o a tornare indietro.

Credevo bastassero un bacio e una certa intenzione nel riceverlo, per diventare madri. Perciò, quando seppi di Nicla, pensai che si fosse lasciata baciare a lungo in uno di quei vagoni su cui saliva quando evitava la scuola.

Il suo posto era in fondo, nel corso degli anni era arretrata, arretrata sempre più fino a sparire nel brusio distratto dell'ultimo banco. I maschi approfittavano di quella posizione senza governo per depositarvi parole insolenti o riproduzioni abbastanza fedeli di vergogne maschili ancora acerbe. Pensavo fossero i racconti di Nicla a istigarli, i suoi pantaloni corti d'estate, le sue magliette succinte sui seni piccoli ma fermi e senza pudore, quel profumo che non era mai di sapone e le labbra che avevano una tinta sempre più allegra delle altre. Pur avendo la mia età, le scoprivo addosso una pelle più scura e abituata al sole, quasi più dura: fosse stata lei a cadere sui ciottoli della stradina che portava a casa di mia nonna e alla sua, neanche si sarebbe graffiata. Avevo sempre pensato che sapesse ripararsi da ogni inciampo perché, le poche volte in cui avevamo giocato insieme, erano state le mie bambole ad avere la peggio. Le riportavo indietro con i vestiti strappati, modificati da una sua volontà improvvisa, spesso con i capelli tagliati corti, come li aveva lei, e il trucco vistoso che non poteva ancora permettersi.

"Io voglio essere così, da grande," disse una volta nel suo dialetto stretto e mettendomi sotto il naso la mia bambola, ormai irriconoscibile.

Le aveva scoperto le gambe tagliando poco sotto le mutandine il lungo abito da sera; le spalle coperte da una stola adesso erano nude come le braccia da cui aveva sfilato i guanti. Con la penna rossa delle correzioni aveva marcato le labbra e con un po' di abilità le aveva rese felici; come gli occhi, su cui aveva disegnato due ali da fata (diceva lei), o forse da irresponsabile (pensavo io).

Nicla non ebbe tempo di diventare grande, aveva tredici anni quando venne spinta nel mondo degli adulti e a incalzarla fu lui, quel ragazzo che l'aspettava al cancello di scuola quasi tutti i giorni, il viso scuro e gli occhi nerissimi concentrati sull'unica ragazza che cercava tra le molte – anche più belle – appena uscivamo dal portone principale. Mescolato ai padri e alle madri che ancora proteggevano le figlie dalle piogge e dalle sudate, quel ragazzo restava in attesa sotto ogni cielo, poi andavano via insieme prendendosi quel che veniva, fosse sole o temporale. Fosse amore o disonore.

La madre di Nicla io la conoscevo di vista, ma ne avevo una compassione tanto sincera quanto misurata, quella che si può nutrire per le disgrazie in cui si mette la propria mano. Era una donna piccola, rapida e un po' brusca, forse per via dell'abitudine di parlare a voce alta. Indossava abiti scuri perché aveva sempre un lutto da smaltire o da ricordare e anche d'inverno usciva senza soprabito, come avesse fretta. Le sue guance sparse di capillari raccontavano una tensione poco rassicurante. Alcuni dicevano se le colorasse di vino, ma queste erano le voci cattive. Io le vedevo rossi anche i polsi, e gonfi a furia di lavare panni e stenderli e poi stirarli. Nei pomeriggi in cui avevo giocato con Nicla raramente mi aveva parlato, lo fece sul serio solo quella volta, quando venne a chiedere a me cosa combinasse sua figlia a scuola. Non si riferiva ai voti nei compiti in classe o alle interrogazioni, voleva sapere se avesse saltato delle giornate negli ultimi mesi. In verità le assenze (che Nicla giustificava diligentemente falsificando la firma elementare del padre) superavano di gran lunga le presenze. Ne avevo tenuto il conto al pari delle bestemmie, dei suoi urti con gli insegnanti e delle note che ne erano scaturite. Avrei potuto farne un resoconto dettagliato e frustrato citando tempi, fatti, situazioni che lei non si era preoccupata di nascondere. Mentre parlavo con sua madre,

Nicla restava in macchina. La vedevo poggiata allo schienale del sedile posteriore, le ginocchia sollevate contro quello in cui sedeva il padre che aspettava a motore acceso. Non era affatto preoccupata di cosa potessi dire, dovevo sembrarle tanto insignificante da essere certa che non avrei neanche saputo maltrattarla. Forse s'aspettava che la difendessi tacendo, invece mi cadde tutto addosso come una folgore: le mie bambole rovinate, i suoi racconti esagerati, il sorriso ironico con cui mi guardava quando scoprivo nel suo astuccio le penne e le matite che credevo di smarrire continuamente, le mattine passate a immaginare cosa facesse lei mentre io risolvevo problemi e analizzavo periodi. E poi la spinta: mi parve di sentirla di nuovo alla schiena, la sua mano violenta che mi mandava a finire sulla ghiaia. Il mio viso sfregiato di quella volta e il suo corpo violato in una maniera che ancora mi sfuggiva, adesso ci livellavano: eravamo due sciocche, questo bisognava che lo sapessero tutti, ma stavolta non sarei andata avanti da sola, adesso Nicla sarebbe venuta con me.

Mi pentii subito d'averla tradita, appena vidi l'effetto delle mie parole sulla madre che avvampò forse di rabbia o di vergogna, strinse i gomiti tra le mani e uscì quasi subito chiedendo scusa. Credo non sapesse neanche lei di cosa si scusasse. Forse di esserci piombata in casa mentre i piatti erano ancora in tavola, forse di aver sporcato il mio candore obbligandomi a ricordare le malefatte della figlia e il destino che le sarebbe toccato. Dopo quella volta Nicla non venne mai più in classe. Il suo banco restò vuoto sino alla fine dell'anno, ma quell'assenza non fece rumore: ci eravamo così abituati che prenderne atto come di cosa definitiva fu quasi un sollievo. Alcune mattine lo usammo per poggiarci i cappotti che non si tenevano sugli appendini o per depositare i lavori che non stavano sotto i banchi dopo l'ora di disegno.

A giugno mi tennero impegnata gli esami, l'estate fu carica delle ansie per la scuola che avevo scelto, ma continuavo a portare il conto dei mesi che passavano sul corpo di Nicla, più che sul mio. Non la vidi mai, andavo spesso a trovare mia nonna con la segreta speranza di incontrarla in cortile o di indovinarne la sagoma oltre le tende che sulle finestre restavano sempre tirate, neanche fosse stagione di lutto. Il suo corpo magro e nervoso si sottraeva alla mia curiosità, aveva ormai un'intelligenza che la distanziava da me ponendola in alto, come una madonna.

Dovevo smettere di pensarci per ritrovarla. Accadde un pomeriggio qualsiasi, mi voltai e la vidi seduta alla fontanella ormai asciutta che un tempo serviva da lavatoio comune. Adesso la sua era una magrezza diversa, perché quel corpo aveva attraversato qualcosa che io non comprendevo e che ancora oggi resta inaccessibile.

I pantaloni corti e sfrangiati – in cui aveva certamente fatto fatica a entrare – strizzavano vistosamente le cosce e la pancia; anche il petto mi sembrò più pieno, nonostante la camicia cadesse senza aderire troppo. Mentre camminavo verso di lei teneva la testa reclinata e con le mani calcava qualcosa contro il lobo dell'orecchio destro, un rivolo d'acqua scivolando lungo il braccio le colava dal gomito. Non smise di premere né si voltò a guardarmi nemmeno quando fui tanto vicina da non poter essere ignorata.

"Bisogna stringere, così non senti niente." La sua voce aveva la fermezza di chi voglia convincere l'altro che le cose non possono essere diverse da come le sta raccontando.

Non ci vedevamo da oltre un anno e l'unica cosa che trovava da dirmi era questa, l'unico gesto era schiacciarsi il lobo tra due cubetti di ghiaccio.

"Che fai?" le chiesi, perché la mia preoccupazione, allora come adesso, è sempre stata quella di capire.

"Voglio i buchi alle orecchie, no?" Mi parlava con insofferenza, voleva ci arrivassi da sola, invece di facilitarmi la vita domandando. Forse per lei ero questo: una ragazzina che non si sforza, che delega ogni comprensione lasciando agli altri il dovere di spiegare.

Aveva poggiato sulla pietra viva della vasca il cuscinetto degli aghi, quello che sua madre usava per i rammendi, e un piccolo rotolo di cotone bianco dal refe spesso, resistente.

"Già che ci sei, fa' una cosa," mi ordinò, "prendi un ago e infilalo."

Ci misi un po' perché il cotone non passava nella cruna e dovetti più volte inumidirlo di saliva e domarne la porosità tra pollice e indice, ma quando glielo porsi Nicla scosse la testa: non bastava.

"Ora prendi l'accendino," comandò ancora, "e sterilizza l'ago con la fiamma."

Mi scottai: il metallo s'era infiammato subito benché sollecitato dal fuoco effimero dell'accendino. Appena cominciò a bruciare, la sentii ridere.

"Tienilo per il filo, ma che c'hai nella testa? Eccoli qua, quelli che studiano, studiano..."

Aveva ragione lei.

Sin da allora avrei dovuto capirlo che andavo ponendo fiducia in una dimensione parallela alla vita, credendo fosse l'unica a darmi accoglienza. Conoscevo molte più parole di lei, avrei saputo dirle dove si trovavano paesi che le sembravano distanti come la luna, e nel parlare cercavo di non commettere errori importati dal dialetto che era stata la mia prima lingua, mentre lei avrebbe continuato a sbagliare infischiandosene. Tuttavia sapevo bene che Nicla in quei posti ci sarebbe arrivata prima e meglio di me, che si sarebbe fatta capire ovunque fosse andata, e i suoi sbagli sarebbero stati perdonati. Potevo anche aver imparato più di lei, ma l'impressione che avevo era che qualcosa mi sfuggisse, sempre. Con la coda dell'occhio intravedevo come un'ombra, ma spariva prima ancora che mi voltassi a guardare. Sembrava ci fossimo divise i compiti, o le condanne – mi era stato chiaro improvvisamente un giorno durante l'ora di grammatica. Avevamo deciso entrambe cosa prendere dal mondo: io il significante, lei il significato.

Il segno dell'ago rovente scottava ancora sulle dita, ma non dissi nulla. Nicla si girò verso di me.

"Lo vedi 'sto segno?" S'era fatta vicina per mostrarmi il lobo arrossato dalla pressione e bruciato dal ghiaccio, e io sentii di nuovo il suo odore che mi parve anche diverso: un impasto di latte, sudore, adolescenza e disordine adulto.

Con la biro aveva segnato il punto in cui l'ago doveva passare. Credevo me lo indicasse per verificare che non fosse sparito e segretamente sperai mi volesse fuori dai piedi mentre continuava ciò che aveva cominciato da sola, senza prevedere la mia presenza. Il mio indice pulsava, m'illudevo bastasse questo perché mi fosse grata e mi liberasse, invece no, non bastava.

"Lo vedi o no?" mi chiese ancora.

E siccome non rispondevo mi ordinò di trapassarla con l'ago, proprio lì dove aveva scelto di ferirsi. Io non desideravo fare mischia col dolore, ero sicura di non volerne dare né ricevere e, se c'era modo di proteggersi, avrei seguito ogni passo di quella strada che me ne tagliava fuori.

Le dissi di no: ora che sapevo l'inconcludenza dei baci, pensavo che la sua carne fosse stata fin troppo martoriata e incalzata per poterla maltrattare a mia volta. La vidi irrigidirsi mentre borbottava una delle sue imprecazioni più volgari.

"Da' qua," disse alla fine e mi strappò dalle dita l'ago scuro di fiamma, ormai freddo. "Mi dici almeno se vado giusta?"

Con la punta cercò di calcolare il centro esatto, si era resa conto solo allora di aver dimenticato lo specchio e che questa mancanza la poneva in una condizione che detestava: quella di non vedere ciò che faceva e soprattutto di dipendere dagli altri, di dipendere da me. Probabilmente era andata così anche col ragazzo che veniva a prenderla a scuola, nemmeno quella volta aveva visto ciò che faceva e alla fine s'era ritrovata in soggezione, anche a fronte del bambino che ogni notte le rubava le ore scavandole in viso le occhiaie. Nel notarle ne ebbi pena, come dei polsi e dei vestiti scuri di sua madre, perché come quelli anche loro se ne stavano scoperte a lasciarsi indovinare nonostante il trucco.

"Qui?" mi domandò più volte, ma era sempre lievemente avanti o indietro rispetto al segno.

Forse mi sbagliavo, ma ebbi l'impressione che ci girasse intorno e volesse ritardare il momento. Per questo le presi la mano – nemmeno ricordavo l'ultima volta in cui l'avevo toccata – e gliela bloccai.

"Qui," le dissi.

Si fermò, forse indecisa se fidarsi, tirò un sospiro e strinse appena le labbra, poi entrò non proprio dove le avevo detto, ma quasi. Con quel movimento impercettibile volle dirmi che preferiva ancora scegliere da sé (di andare a scuola o non andarci, di lasciarsi profanare o meno, di diventare madre o di togliersi quel fastidio), e soprattutto che se non avevo voluto sporcarmi le mani né alleggerirla dall'impegno del suo coraggio, in me era meglio confidare fino a un certo punto.

Nicla aveva la fissità istintiva dell'animale, la sua vita seguiva impulsi minimi che adesso mi sembrano naturali, antichi, ma che allora percepivo come scorretti, se non malvagi. Per questo non mi amareggiò prendere coscienza che lei si sarebbe sempre data a chiunque le fosse capitato d'incontrare, meno che a me. Né mi preoccupai di capire cosa avesse provato nel doversi esporre e nel mostrare da capo dove si può arrivare quando davvero si desidera.

Mentre il filo si tingeva di rosso scorrendole nella carne ferita Nicla mi guardò, poi chiuse gli occhi e li tenne così a lungo, tagliandomi fuori da ciò che sentiva. Non ero certa di capire sino in fondo cosa volesse dirmi, ma era qualcosa che aveva a che fare col dolore e col distacco dell'esserne attraversati. L'espressione che aveva in viso suggeriva che non avrei avuto da lei alcuna risposta, e mai avrei saputo se di tutto quel coraggio lei fosse felice o solo sgomenta.

Molti anni dopo, quando per la prima volta mi è capitato d'innamorarmi, ho rivisto Nicla seduta sul bordo del lavatoio, il suo gesto incurante rispetto a ciò che è la sofferenza del corpo, la sua capacità di isolarla e diminuirla in cambio del piacere che nascondeva. Il suo corpo si lasciava attraversare e conficcare, si offriva senza reticenze, con un senso di responsabilità che io non ho mai avuto.

Ho sempre faticato a desiderare, e quando l'ho fatto ho dato al mio bisogno un perimetro entro cui restare. L'ho capito quando ho incontrato *lui* che se vuoi veramente una cosa non dovrebbe importarti del dolore che c'è nel mezzo, pur d'arrivarci. A me invece importava: avevo come un difetto del desiderio che non sapeva spingersi abbastanza lontano da perdersi. Il mio corpo rifiutava ogni bene gli venisse offerto, percepiva sensazioni errate spesso amplificandole, temeva di essere cercato e trovato, passava il tempo a difendersi. In questo corpo che mi avrebbe divorata, io ragionavo. Ragionavo su ogni millimetro della mia emotività e la tenevo a freno, temendo di perdere quell'innocenza che avevo scelto prima ancora di capire se mi riguardasse.

Tutto questo era spaesante, ne ricavavo lo smottamento di quando una sera di fine novembre la terra aveva tremato sotto i miei scarsi cinque anni. Quella percezione poi è rimasta. Mi capita tuttora, quando i sensi entrano in veglia davanti a un pericolo che riconosco o semplicemente immagino. Dura qualche attimo, e anche se sono passati molti anni dal terremoto, sento un languore alle ginocchia, un colpo netto alla schiena e nel ventre. Assomiglia al mancamento lieve di quando per pigrizia lascio che la mia auto scorra lesta su un dosso. Ricordo il buio che si fece in casa e per strada, brusco come uno sparo che accechi un lampione, e me che ridevo dello scherzo di non arrivare alla porta – indecisa se la terra giocasse o venisse a ferire; ma anche il silenzio irreale in cui le scosse, pur essendo ben ascoltate, restarono incomprensibili; e poi le urla che seguirono – perché è sempre una tragedia e una sfortuna, l'incomprensione.

Da allora vivo nelle crepe delle travi maestre, nelle schegge d'intonaco che ci impolverano i capelli, e vengo dalle notti passate nella Mini Cooper di mio padre, ma senza di lui. Durò per giorni la paura di dormire in casa, finché c'era luce sembrava possibile correre in strada, nessuno invece si fidava della notte, e forse dell'abbandono a un sonno denso e traditore. Allora io e i miei fratelli ci vestivamo come per uscire, insieme a nostra madre ci abbottonavamo fino alla gola prima di entrare in macchina – i pigiami nascosti sotto i soprabiti più lunghi che avevamo, sulle gambe le coperte di quando mio padre era stato di leva, troppo grosse e pesanti, ma poco calde da tenere. Alla fine non dormivamo mai, se non per la debolezza di qualche ora: la vicinanza ci pungolava meglio della paura, perché sentivamo addosso la responsabilità per l'altro, ed era atroce.

Ho imparato che a un certo punto non si capisce più, in una famiglia, dove sia la bontà e dove cominci la sua spietatezza. Vivere in perenne sorveglianza del bene altrui, non fidarsi del naturale istinto nel difendersi erano da sempre il nostro tormento. Quello stato di allerta non ci ha mai abbandonati, ci ha sfiniti persino in sonno deviando il corso delle nostre vite.

Nascere in casa mia ha significato assumersi la responsabilità del passato e dell'avvenire di chi aveva attraversato la stessa, illegittima violenza del riprodursi. Non prendevi solo la tua vita, ma anche il bagaglio che ti aveva preceduto e che ti avrebbe accompagnato: di quel sangue di cui eri pieno e che inesorabilmente andava in circolo dovevi essere grato, ignorando ogni distrazione, ogni richiamo del fuori, ogni straniero che bussasse alla porta.

A volte immagino il nostro pianto dell'inizio e so che non veniva dalla fatica del respirare, era solo il peso d'una discendenza ricevuta in un dono mai richiesto. Mio fratello di sicuro aveva indovinato in un colpo tutti i pomeriggi che avrebbe passato a consegnare con la motoretta taniche di vino a domicilio; e magari già il morso del cane che un pomeriggio lo incalzò, mentre tentava di rimettersi in sella; presentì senza dubbio la delusione d'aver scambiato per libertà quel rombo che gli scuoteva le ossa mentre correva sul basalto irregolare, e l'ingenuità di non aver capito che quella precoce indipendenza sarebbe stata una delle sue tante funi.

Mia sorella pianse un anno dopo, ma più forte di lui, quando le si parò davanti lo sperpero d'un tempo mai proprio; si disperò per i capricci che avrebbe tenuto a bada nel crescere più in fretta; pianse anche sui vestiti e i monili a cui avrebbe rinunciato serenamente, benché ci fosse modo di procurarseli; e poi sugli amori e le esperienze che non le sarebbero toccati; sicuramente si lagnò del castigo di trovare appagamento nelle storie alla televisione, nei gatti che prese ad allevare come figli, e in tutto ciò da cui chiunque, alla sua età, sarebbe fuggito con fermezza. A volte – mentre la guardavo indossare quel grembiule da cucina che mia madre le aveva lasciato senza rimorso – mi sono chiesta se non avesse pianto anche sulla mia nascita, a otto anni dalla sua, e se la pesantezza che notavo in lei non fosse altro che il rimando di quel vagito ribelle. In esso aveva chiamato per nome tutte le sfortune che non avrebbe saputo impedire, finendo per accoglierle e amarle, come se in fondo le avesse scelte. Spesso la trovo improvvisamente bambina, piccola di statura come poi in fondo è rimasta crescendo; la vedo stendermi sul letto matrimoniale e cambiarmi, pulirmi come farebbe un'adulta, e poi distrarmi dai capricci del pomeriggio, quando nostro padre riposa e il suo sonno non può essere guastato. Chissà se allora, nel suo primo giorno, non ha pianto anche di doversi fare madre, senza passare per il piacere e il taglio della carne. Di dover trafficare ben oltre le incombenze della sua vita in una casa che non sarebbe stata mai sua, e di andare incontro a quella piccola morte quotidiana senza immaginare a quale tavola stesse sedendo.

Otto anni sono pochi per capire che non c'è solo la lotta d'uscire dalla propria madre, ma anche quella più cruda del restarne fuori a ogni costo, in uno spazio che reagisca al suo riassorbimento. Quando adesso la sento accennare un motivo in un fondo di stanza, lego alla sua voce il guaito di Rambo in terrazza o il verso del piccolo uccello in gabbia a cui hanno strappato gli occhi perché possa cantare meglio.

Per anni ho pensato di somigliarle, e che in quella notte del '75 avessi avuto le sue stesse ragioni di pianto. Ma sbagliavo. Potevamo condividere il tipo d'ossatura e i capelli sottili, ma dentro – in quella zona silenziosa e nascosta dove ce ne stiamo nudi – non eravamo sorelle. Venivo da un altro legno io, e il sangue che mi fluiva sotto pelle aveva una goccia barbara, ferina, che mi dava struggimento e nostalgia per quello che non sapevo di essere, e tuttavia desideravo.

Appena fuori da mia madre io ho urlato per reclamare il corpo che avrei perso facendo tacere ciò che vi infuriava; per la femminilità trascurata, per la tensione continua dei miei muscoli pronti a scattare come una tagliola in un cespuglio; ma ancor più per l'incapacità d'abbandono che lui un giorno mi avrebbe rimproverato mentre tentava di educarmi all'amore. Quando è stato il mio turno devo aver pianto come ogni altro neonato, ma anche più forte perché credo di aver visto il mio recinto e tutto quello che avrei segretamente voluto, senza sapere come fare a possederlo, a prenderlo o ad arrendermi al suo bisogno.

Lungo le notti che seguirono il terremoto, misi in terra il primo mattone per l'adulta che sarei stata, eppure molte cose non le capii. La natura aveva provato a suggerirmi che era tutto un crollare a seconda dei tempi e che nulla restava in piedi se non per effetto del caso. In seguito ho pensato al giardiniere che trascuri di recidere un ramo e lo noti solo quando ha già deposto le cesoie: anche se ora soprassiede per pigrizia, sa bene che presto – molto presto – tornerà a rimediare. Equivaleva ad ammettere che l'unico posto in cui ci sentivamo al sicuro aveva una falla ed era espugnabile da forze impreviste, capaci di chiamare all'aperto. Il fuori diventava più rassicurante delle nostre camere, violate dall'incertezza e dalla fragilità nonostante le grate con cui avevamo difeso ogni accesso.

Ci fu un tempo, forse breve quanto la scossa madre, in cui pensai che casa nostra potesse sbriciolarsi o aprire le fauci e divorarci tutti. Se notavo un cedimento nell'intonaco era subito indizio d'una fine ormai prossima; se il lampadario oscillava per un colpo d'aria, correvo a ripararmi sotto la trave maestra. Ma durò poco. Preferii essere figlia d'altro: d'una sicurezza fatta di porte chiuse e schermi di tende sui vetri che davano in strada. Il fuori erano le ore tarde dormite in macchina con mia madre e i miei fratelli, era la schiena dolorante al mattino e i piedi che ghiacciavano nelle scarpe ortopediche, era la stupidità d'insistere a proteggersi quando ognuno aveva ripreso a stendersi nel proprio letto, principalmente era l'assenza di mio padre: lui quella cosa di dormire in strada non la fece mai.

Il terremoto ci aveva messi alla prova e ne eravamo usciti lesi come le facciate dei condomìni, separati nelle decisioni: ognuno sopravvissuto alla propria maniera. Solo il disamore tra mio padre e mia madre ne venne fuori indenne o quasi rinforzato, incattivito dalle scosse. Nemmeno nel pericolo i miei genitori avevano saputo affiancarsi, e io mi sono sempre chiesta se fosse stato più incauto lui che anteponeva la comodità alla salvezza – sfidando la possibilità di lasciarci orfani e poveri; oppure lei che questa scelta l'assecondava con tranquillità, certa che famiglia fosse solo la vita generata e depositata sul sedile posteriore.

Immagino adesso mio padre nel vuoto della sua stanza, avvolto dalle coperte fin sopra gli orecchi. Lo sento cercare una posizione che quella sera non trova. Sperare che qualcuno di noi si affacci alla porta e lo persuada a raggiungerci. Mio padre che è stato sempre un bambino da saper prendere, da domandargli più volte come stava se aveva il mal di testa, da incoraggiarlo a mangiare se dichiarava inappetenza.

Lui che non ammetteva schiamazzi in giro per casa e ci volle vecchi da subito, seduti e silenziosi, pronti a memorizzare i segnali delle sue malattie e i farmaci per contenerle.

Provo a convincermi che fu il terremoto a renderlo ancor meno indulgente coi nostri giochi, e più incapace di parole con mia madre. Quell'affetto tiepido di cui avevo già notizia restò tra noi come un'intermittente anomalia nella quotidiana religione del proteggersi e del proteggere.

Da allora il sisma non ha smesso mai, ha continuato a sgretolare, a sbrecciare, a mandare tutto in rovina. Si prende anche le mie parole d'adesso, e io le scopro minate, fragili nel riferire ciò che ho attraversato, inabili nel dare luce a ogni anfratto. Perché torno indietro senza sentirmi al sicuro, quasi cercando di rientrare come mio padre in una casa senza tregua.

Più esattamente, ora che il mio tempo è in disordine, ricordare è di nuovo questo non arrivare alla porta: è questa morte che scherza e tu non riesci a tenere la conta della gioia o del disastro, e li confondi. Il terremoto è il primo ricordo che ho di questa mescolanza. Ma è anche il nido che si spacca e l'eredità della veglia che torna a visitarti appena il malessere o la minaccia ti scovano.

Oggi come allora, il piacere in me si nasconde troppo bene nel dolore che lo sovrasta, rendendo infondata ogni allegria – ogni godimento, avrebbe detto *lui*.

Nicla era stata l'inizio e l'enigma. Per me che non ho mai calcolato l'amore, la sua storia rimase viva nella testa come un teorema oscuro, una versione di latino da cui non cavi il senso, e sai d'averla fraintesa a furia di dare alle parole le accezioni rare, trascurando quelle semplici e giuste. Fu il mio problema più evidente al ginnasio: immaginare nei testi antichi profondità impervie che quasi mai l'autore aveva praticato, il più delle volte provava a dire concetti lineari che a me sembravano avvilenti. Doveva esserci altro, e il difetto era nella mia comprensione. Allora andavo così a fondo da perdere il senso concreto, come il cerchio più lontano dal punto in cui si è immerso il sasso sa sempre meno della turbolenza da cui viene la sua piega liquida. Eccedevo nella fantasia a scapito dell'intelligenza e dell'ascolto paziente: solo quando compresi il giusto equilibrio (dopo molte insufficienze che non premiavano i sacrifici spesi) imparai che tradurre era rispettare le parole, fidarsene, non presentirne i tranelli.

Commisi lo stesso errore nel vivere, anche lì mi smarrivo dietro qualcosa che faticavo a prendere, ma stavolta la matita rosso-blu delle correzioni rimaneva ferma e io stentavo, stentavo parecchio a rintracciare la mia disarmonia.

Di certo non mi aiutò Nicla, perché la persi: non aveva bisogno di me, e io non credevo di poter imparare niente da una come lei. Il suo pensiero però rimase, emergeva alla prima distrazione: la rivedevo in altri corpi che mi capitava di incontrare e sentire liberi, nelle compagne di classe che uscivano con ragazzi più grandi e poi ne parlavano a voce bassa. Ecco, lei era in quelle parole che non riuscivo mai a cogliere e in tutto ciò che per me era osceno e proibito.

Più avanti sarebbe stata Emma Bovary e Anna Karenina, ma senza veleni o treni a devastarla. Non aveva niente in comune con le ragazze incontrate nei corridoi dell'università, soprattutto con quelle più affidabili nel prendere appunti o nello sbobinarli, eppure appena notavo un cedimento nel rigore, un impercettibile movimento nelle spalle a comunicarmi un abbassarsi del livello di disciplina, lei era lì. Ogni volta che avvertivo una sottrazione di peso ad allentare il laccio che mi passava sul cuore, stretto a due cordate, Nicla tornava.

Respiravo addirittura meglio nel notare quella riottosità in chi mi pareva inflessibile: la fragilità della resa mi ispirava simpatia apparendomi come un'inclinazione inattesa che dava una certa impronta alla materia poco fisica dei caratteri.

Provavo meraviglia per chi rischiava e deviava, per tutte le scelte criticabili e facili alla condanna – forse immaginando quanto poco sarebbe bastato perché nessun rischio o deviazione avvenisse.

Io, ad esempio, restavo nel solco di regole e atteggiamenti poco istintuali, fatti di sottomissione alle stoffe e sgombero d'ogni leggerezza. Nel tempo divennero la mia forma – forse perché ero d'un bianco così vulnerabile da avere bisogno di margini per esistere. In essi duravo con cautela, seguendo ovunque procedure verificate da altri e che comportassero un dolore minimo.

Quando si trattò d'avere gli orecchini non mi passò per la mente di servirmi del ghiaccio e d'un ago poco cautelato. Con mia madre andai in una gioielleria dove un uomo prese una pistola perforante che in un attimo incastrò il metallo nella carne – la velocità a divorare ogni spasimo, in una moderna ghigliottina della vanità.

Piansi comunque perché il desiderio realizzato coincideva con una perdita (un buco in cambio della passata integrità), e perché anche il più piccolo dolore mi pareva immorale, disonesto quanto la promessa dell'inferno.

Ogni sera ruotavo l'orecchino nella carne e sentivo che quel lieve bruciore nulla aveva da spartire con la rudezza del filo che nel mio ricordo Nicla lasciava scorrere, a violarsi ogni volta: lei dilapidava laddove io tentavo economia. Forse in virtù di questo eccesso, anche quando si trasferì altrove continuai a vederla ovunque – persino a scuola, nei tatuaggi dei miei studenti –, mentre io, io non ero da nessuna parte, e se non disperavo era per la convinzione di poter riprendere e chiamare a me quello a cui rinunciavo.

Così ogni giorno – allegramente e senza rimedio – rischiavo il mio avvenire, perché all'irreparabile non ci pensa mai nessuno.

Finii in un angolo, dove non arrivavano le correnti né i rumori. Ero tranquilla, anche un po' distratta quando *lui*, a un certo punto, mi aveva vista.

Parte seconda

> Dopo una certa età tutte le relazioni sono serie. Come gli infarti.
>
> JOHN MAXWELL COETZEE

Io non pensavo che potesse accadere, e in fondo sarebbe bastato poco a mancare quel momento: che non avessi dovuto trattenermi a scuola dopo le ore di lezione, che avessi portato con me una sciocchezza da mangiare appena i corridoi fossero stati deserti, che l'indolenza avesse prevalso o la pioggia mi avesse scoraggiato dal raggiungere quel locale in cui – qualcuno mi aveva detto – si stava come a casa.

Forse fu lo spaesamento dell'essere sola a rendermi sbadata e a farmi rovesciare il bicchiere. Lui sedeva lì, proprio dove l'acqua s'era spinta a bagnare; stava leggendo un libro e lo aveva sollevato appena dal tavolo, mentre si alzava con calma. Troppo tardi per difendersi e poco intenzionato a farlo, mi guardava.

Ricordare ha a che fare col mentire se adesso dico che mi sembrò d'essere vista per la prima volta. In verità, non siamo in grado di prevedere il peso di ogni singolo momento e in che modo saprà innestarsi sull'avvenire: siamo sempre più disposti a credere che ogni evento sia un dettaglio senza seguito né traumi, ma è un'illusione utile solo a tenerci tranquilli. Chi uscirebbe più di casa sapendo che è vero il contrario? Del resto, la vita non è che un incastro di insignificanze: traumi mescolati a inezie perché non diano spavento e si possa addirittura accoglierli con fiducia. Di quel giorno ora non so quasi niente: se la sala fosse occupata da altri, se in quel momento la radio suonasse una canzone; persino quello che avevo preso da mangiare mi sfugge. Rimane il corpo. Ed era come averlo ignorato da sempre per ritrovarselo innanzi al primo angolo imprevisto. Il corpo di quell'uomo – alla distanza del mio ricordo – diventa invasione, calore: è carne e vita rimasta fuori mano, eppure non completamente persa. Non è un corpo docile, perché lo sento libero nei capelli tenuti un po' lunghi e appena grigi alle tempie, nel piccolo anello d'argento aggrappato all'orecchio sinistro, nei vestiti indossati a lungo durante ogni stagione e stirati solo dove serve. Di certo non si lascia accudire, quel corpo, eppure rimane in piedi contro il mio che intanto si scusa. Si sente in diritto di toccarmi la mano per dirmi che davvero non importa, e poi di sorridere appena la tiro via per cercare il tiepido della tasca, il riparo dall'offesa.

Comincia allora quella sensazione che non passa, e mi sento perdonata per tutte le incurie e le colpe che mi porto addosso – ben nascoste tra le pieghe degli abiti che invece io stiro e scelgo con cura.

Lui mi parla, ha poggiato il libro e ora sistema il mio vassoio più vicino al posto in cui si è già seduto, e io so che potrei scusarmi ancora e scegliere di andare oltre. Solo che non lo faccio e mi fermo dove lui, in qualche modo, mi ha chiesto di restare. È persino semplice occupare quella sedia, come poi lo sarebbe stato conservare il suo numero, segnato in fretta su un tovagliolino da caffè, o cedere a dargli il mio, perché a ben guardare – mi avrebbe confidato in seguito – non sembravo quel tipo di donna che chiama uno sconosciuto. Chissà se mi venne allora l'idea che Andrea fosse tutti gli uomini che non avevo mai incontrato, tantomeno avuto. Quelli che non mi avevano mai guardata e che a un certo punto avevano girato la testa per fermare gli occhi su di me e desiderarmi con la fame dei randagi. Sì, lui era tutti gli uomini, tutti insieme, e io ne fui travolta.

Per molti anni avevo creduto che mi bastasse il poco di cui

disponevo, ma non era così. Mentre il tempo passava, mentre i miei genitori invecchiavano perdendo forze, denti e diottrie; mentre mio fratello trovava fuori casa una legittimità da marito e poi da padre; e mia sorella restava ferma nel nido dandomi un esempio da seguire, ecco, io desideravo. In modo discontinuo e sentendomi in colpa, ma desideravo. Mi avevano insegnato che era dei maschi caricare le ali, imparare a gestire il conflitto tra il peso del corpo e la resistenza del fuori prima di andare via; le femmine invece dovevano restare immobili, implumi, a credere d'aver setacciato tra molte possibilità la vita ottenuta. Io obbedivo, comunque avvertendo che qualcosa prendeva a sfuggirmi. Ero il cliente maltrattato da un venditore pigro, disposto a mostrargli il poco in esposizione, non la mercanzia più ricercata nascosta nel retrobottega. Dal minimo che mi veniva concesso avevo preso anche meno, e ora che la saracinesca era ammezzata mi pareva due volte difficile tornare dentro a pretendere il resto prima che la serranda calasse del tutto. Probabilmente avrei continuato a saziarmi di fantasie e non sarei passata per l'imbarazzo del mio chiedere tardivo, se Andrea non fosse entrato nella mia vita.

Non chiamerà, mi ero detta rincasando quella sera.

E avrei dovuto sentirmi più stanca e di malumore, meno in grado di accogliere qualsiasi noia familiare.

Non chiamerà.

E l'anomalia non era quel pensiero, ma il semplice fatto che fosse nato.

Non chiamerà.

Invece lui, quel corpo che mi parlava sin da allora di godimento e resa, quella parte violenta e naturale che in me aveva sempre taciuto, quella mercanzia nascosta che non poteva riguardarmi, proprio lui due giorni dopo aveva chiamato.

Fu un principio di parole, solo parole. Poteva sembrare una cosa innocente, ma io sapevo che le parole non lo sono mai. Frugavamo notte e giorno le nostre vite fino all'oscenità del ritrovarci scoperti, in affanno come se avessimo camminato troppo pesando sul cuore. Ne venivo fuori confusa e in disordine, ogni volta più consapevole della direzione che sceglievo, anche solo nei discorsi. Con Andrea persi da subito la verginità, e non secondo l'abitudine, ma perché ritenni finalmente possibili quei pensieri che avevo sempre messo a distanza.

Il candore – lo so adesso – non ha a che fare col corpo, altrimenti potrei dire quanto sia facile custodirlo mediante un bagaglio di freni e divieti. L'integrità delle nostre prigioni di carne non garantisce nulla rispetto alla misura morale che contengono non si sa bene dove – se in testa, nel cuore o in quel luogo assai vago che alcuni chiamano anima. Qualora anch'io ne avessi una, si era già persa e bagnata. Ero un bimbo fuori controllo, dormivo in quelle parole per poi svegliarmi al mattino completamente intrisa e in vergogna. Scoprii anche da quante crepe fosse segnato quel mio presente inaridito. Lui le riempiva esondando con naturalezza sulla mia terra fonda, asciutta, che non sapeva niente delle piogge eppure le aspettava per calmare la polvere.

Attraverso Andrea imparai presto che ci sono le cose che si sanno e poi quelle che si desiderano pur senza saperlo. Avevo creduto d'essere destinata alla quiete e alla moderazione, ma adesso l'istinto mi diceva il contrario, e mi arrivava un distratto benessere dalla sua vita priva di regole e da quel parlare che veniva dal basso. Anch'io ero nata lì, ma col tempo e a forza di piegarmi sui libri avevo corretto la mia inclinazione, le parole le avevo aggiustate in bocca e si era fatto sempre più raro il cedimento, fino a raschiare del tutto ogni mia appartenenza. Ero diventata una creatura agamica, senza parentele, e l'oralità popolare che calcava la voce e si imponeva col suo lessico scadente era solo un rumore di fondo, il fastidioso promemoria d'un tradimento. Ascoltare Andrea significò tornare dove ero stata, e ricordarmi che sotto il cappotto di lana continuavo a indossare quelle vesti che avevo dismesso salendo dai bassifondi o che avevo lasciato cadere come una spoglia da muta sul marciapiede di una via qualsiasi.

Lui assaporava le parole, anche quelle volgari, come fossero pane e le usava con una naturalezza che non chiedeva approvazione. Erano ogni volta roba sua, non meno del modo di vestire o di camminare: col tempo avrei smesso di sentirle diverse.

Una volta sola provai a capire se qualcuno intorno avesse udito, ma Andrea mi sorrise, s'avvicinò invece d'allontanarsi e con l'indice seguì sulla mia mano il corso di una vena.

"Stai tranquilla, magari non mi presenti alle tue amiche," disse.

Ci incontrammo in molti luoghi. Faticava sempre a convincermi, ma poi – quando mi lasciavo alle spalle il cancello di casa – il respiro diventava giusto. Cominciai a servirmi di ogni bugia inutilizzata nell'adolescenza, perché le ore della mia vita presente andavano spiegate almeno quanto le altre venute prima.

Se per anni non hai mai reclamato spazio, sembrerà naturale che tu non ne disponga e addirittura strano quando comincerai a chiederne. Dovrai chiarire le ragioni per cui quell'angustia non possa essere ulteriormente ristretta, anziché dilatata. Dovrai rendere conto. Io lo facevo mentendo come mai in passato. Uscivo di casa con la certezza d'entrare in un luogo proibito, un fuori che Andrea abitava stabilmente, perché la vita era lì. Avevo sempre pensato che per me tutto potesse risolversi nel chiuso di una stanza o degli affetti in cui ero nata, ma Andrea ora mi dimostrava che c'era anche altro, al di là di quello per cui avevo creduto di poter vivere. Dava per certo che il tempo andasse impiegato oggi perché l'attesa, la presunzione di avere un numero infinito di occasioni erano concetti falsi quanto l'eternità. La mia contraddizione più antica era proprio questa: sentirmi fragile e nel contempo disposta a continui rinvii, incurante d'avere i giorni in scadenza.

Eravamo diversi: lui misurava il tempo secondo i ritmi del proprio corpo, io avevo bisogno degli orologi; lui desiderava vivere senza sperperare i giorni, io mi dibattevo nell'esitazione. Lo vedevo sedere a quella tavola imbandita e chiamare anche me, spingermi a mangiare premendomi appena la nuca per guarire l'inappetenza.

Un morso alla volta, mi fece scoprire la fame.

Cominciai a sentirla la prima volta che uscii per andare da lui. Mi aveva parlato di luoghi in cui avrebbe voluto portarmi; non erano nemmeno distanti dai miei, e io ne avevo sentito i nomi o vi ero passata distratta, in macchina con qualcuno che mi sgravava dall'incomodo di tenere a mente la strada.

Potevamo anche esserci sfiorati senza mai trovarci, e chissà quanto spesso avevamo rischiato di riconoscerci tra la gente. Forse sarebbe bastato sollevare la testa da un libro o curiosare tra i vicoli della sua Napoli, dare attenzione ai bassi, ai fondaci, senza lo scrupolo di mescolarsi alla sventura. Invece no: era stato più difficile, ma per certi versi anche più facile. Dovevo arrivare a questo punto per cedere, capire quanto prezioso fosse diventato ogni momento, alla mia età. La decisione sta tutta nell'odore della fine: se la vita fosse meno fragile sarebbe possibile ogni rinuncia, ogni obbedienza.

Uscivo di casa perché non avevo altro, perché avevo quarantadue anni, perché volevo un tempo solo mio in cui non ci fosse continuamente qualcuno di cui preoccuparmi, o più esattamente cercavo chi mi mettesse al mondo, pur rischiando di starci scomoda e fuori posto. Uscivo ed ero colpevole e in pericolo e libera.

All'inizio scegliemmo un parcheggio a metà strada, tutt'intorno negozi e piccoli bar con tavolini all'aperto e su un fianco la strada statale dove le macchine passavano veloci, senza guardare.

Era sempre lui a vedermi per primo, io mi perdevo a cercarlo tra le auto in sosta, spiavo negli abitacoli la sagoma giusta che aspettava me, il finestrino abbassato a ingannare l'attesa con una sigaretta. Mi faceva segno come per dire, *Vieni?* E appena scuotevo la testa, Andrea raccoglieva il poco che gli serviva per muoversi nel suo mondo e lo abbandonava entrando nel mio.

Non era mai in affanno per gli oggetti, e il necessario sapeva tenerlo in una tasca perché ogni possesso lo annoiava. Molte volte avrebbe addirittura riso della cura con cui sceglievo lo spazio di sosta della mia auto o dell'ansia di non ritrovarla.

Combattevo da sempre con la paura di perdere ciò che avevo – fossero oggetti o persone – e che potesse accadere per sbadataggine o semplicemente per pochezza. Avrei conservato tutto, anche l'inutile, anche quello che fa male, mentre gli altri sapevano staccarsi da ciò che avevano amato, senza ripensamenti. Li vedevo abbandonare case e vite e famiglie senza voltarsi, e mi domandavo chi avrebbe voluto vivere o abitare me – le mie stanze con le pareti in guerra, i battenti sempre contrari alla luce – e se non fosse fin troppo facile lasciarmi andare.

Raccontare adesso diventa un'offesa. Scrivo e fingo una sapienza che non possiedo, perché di Andrea ho voluto sapere poco: la sua era una terra di clangore e disordine infiniti e io ci entravo come un ospite affatturato dalla possibilità di vedere il grosso, senza doversi arrendere ai dettagli. Sentivo la sua vita libera, ed era un misto di sudore e lenzuola sfinite dalla veglia; un abbandonarsi continuo alla propria natura, un assecondarla senza compiacimento, con la semplicità di chi accetta i propri istinti e li esalta.

Era certo che vivessimo d'un desiderio continuo, indipendente da stagioni o periodi, una smania che durava dall'alba al tramonto, di ora in ora, da quando eravamo bambini a quando la vita esteriore ci avrebbe voluto ormai vecchi.

Quell'odore straniero mi stordì.

Lui era il primo uomo capace di parlare alla donna che dimenticavo d'essere, e la sua voce sembrava venire da un oriente di troppa luce. Adesso non saprei dire perché con lui divenni obbediente. Altre mani le avrei morse e cacciate via, ma le sue a un certo punto le tenni ferme, forse perché Andrea voleva cercare in me l'essere umano, non quello morale: carezzare il vestito lordo, non il cappotto di lana. Ogni volta che s'avvicinava sentivo di non essere migliore né peggiore degli altri, ma proprio quanto loro desideravo ed ero viva.

Mi spaventava questo, ed era la ragione per cui mi ero ripetuta molte volte che tra noi non poteva durare. Lo guardavo di schiena, mentre s'allontanava oppure quando scendeva dalla sua auto, e credevo di poter smettere in qualsiasi momento, di poter scomparire dalla sua vita come se quel bicchiere non si fosse mai rovesciato.

Invece dimenticai ogni cosa: i divieti, le raccomandazioni e tutte le paure allevate alla stregua dei figli. Da sempre organizzavo i miei spostamenti calibrandoli al millimetro, ma adesso scoprivo che un pomeriggio poteva anche scorrere senza aver fatto programmi di tempo e di meta. Che le strade potevano essere semplicemente seguite, attraversate senza sapere dove andavano a finire.

Era così ampio il mio candore rispetto ai luoghi da non avere preferenze. Approvavo le sue ritrovandomi in aperta campagna o in prossimità di piccoli laghi di cui avevo solo sentito parlare. Appena eravamo soli lui tentava di condurmi a sé come per una ricompensa. Il corpo era tutto ciò che sentiva di possedere, e provava a consegnarmelo con un gesto che era sacro e irriverente, che mi commuoveva e allo stesso tempo mi mortificava.

A me bastava vederlo, camminargli di fianco e lasciare che mi urtasse lievemente le braccia. Mi accontentavo presto d'ogni carezza, e se le frenavo era perché credevo di non meritarne oltre. Perché era sempre più dell'abbastanza quello che mi offriva e non ero ingrata io, ero solo un pugno di ragionevolezza e buon senso che si negava ciò che gli avevano insegnato a respingere: il desiderio, anzitutto.

Accogliere Andrea significò non sopportare l'eventualità di perderlo di vista, come se il suo stare in vita dipendesse dalla mia attenzione. E anche se ero certa che sapesse cavarsela, mi sembrava di vederlo comunque solo contro il resto, perso senza che ne avesse sentore. Temevo che si sarebbe distrutto pur di non fare lega con quella regolarità in cui ognuno di noi, appena adulto, aveva trovato una soluzione. Andrea arrivava dal mondo eppure se ne teneva fuori, soprattutto da quella zona igienica che offendeva, tradiva e chiedeva di stare a un gioco di compromessi – tanto grandioso e inumano da esserne insieme affascinata e respinta.

"Vorrei vivere qui," mi aveva detto una volta guardando una casa isolata in un campo, "coltivare quello che mangio, alzarmi quando mi pare, e se mi pare scambiare il giorno con la notte. Ci pensi a come sarebbe una vita così?"

Mi aveva afferrato i polsi e un po' li aveva stretti per tenermi ferma e vicina, poi aveva sorriso notando l'orologio.

"Quando sei con me non ti serve."

E mentre lo slacciava aveva aggiunto: "Ti insegnerò io a farne a meno".

Eravamo in prossimità d'un lago, e lui scherzava a tenermi la mano neanche fossi una bambina. Camminavamo lungo un sentiero in cui le foglie e il pietrisco si mescolavano creando un fondo morbido, ma incerto sotto le suole. In alcuni punti dove il passaggio rimpiccoliva per volere delle fronde o perché qualcuno camminava in direzione opposta, avrebbe potuto lasciare la stretta; quanto a me, sapevo che il primo gesto sarebbe stato quello d'infilare le mani in tasca, se a fare strada fossi stata io. Lui invece mi aveva tenuto più forte. Anche se c'era gente, anche se ci avrebbero visti. Ma poi, cos'è che avrebbero visto? Un uomo di oltre cinquant'anni che guidava una donna senza intuire cosa lei quel giorno portasse in cuore. Perché non è vero che lo amai da subito. È vero che con lui e con me ebbi pazienza: andai avanti per tentativi. È vero che mi vergognavo della nostra età, entravo nelle teste della gente che incrociavamo e sapevo che avrebbero riso o ci avrebbero compatiti appena dentro i loro occhi. Avevamo troppa vita alle spalle. Eravamo due amanti. Due persone che hanno cominciato a vivere tardi, quando si dovrebbe avere altro per la testa e nelle mani carezze da destinare ai figli. Oppure no, magari quella gente avrebbe pensato tutt'altro, ci avrebbe sfiorato senza darci peso ed erano solo miei quei pensieri, mie quelle voci in cui ero cresciuta e che ancora sapevano trovarmi, starmi dietro come ombre.

Una volta, una soltanto, avevo chiesto a mia madre se era felice. Mi sembrava così sola nelle stanze di casa nostra, così povera di parole e di seccature ogni sua giornata, che avvertii il superfluo della domanda non appena l'ebbi pronunciata. Credevo che gli acciacchi accumulati negli anni, la distanza sempre più fonda da mio padre, chiuso in uno spazio tutto suo, vuoto di suoni e di colori, avessero invalidato ogni percezione del bene. Ma lei inaspettatamente annuì.

"Di cosa dovrei lamentarmi?" disse, con una serenità incapace di cedere alla comprensione. "Tutti ci rispettano. Nessuno ci sparla."

Capii allora che dall'occhio degli altri oltre al castigo proveniva una specie di sollievo. Bastava non dare appigli, rimanere nel gregge, obbedire al cane e al bastone e a sera rientrare nell'ovile.

Per questo io la mano l'avrei tolta da quella di Andrea, se lui non avesse deciso diversamente. Per non dare appigli e perché di quel tipo di sollievo mi ero nutrita per anni, almeno finché lui non era venuto a chiedermi:

"Ma tu cos'è che vuoi veramente?".

La prima volta che andai da lui ebbi freddo anche se era settembre e ancora estate. Adesso non mi pare d'aver vissuto altri sabati che quello o altre ore in cui io abbia tremato più sinceramente. Fino a quel giorno ci eravamo visti nel pomeriggio rientrando col buio, avevamo mangiato quello che capitava fermandoci dove un'insegna o un tavolino all'aperto sembravano chiamare. Mi aveva trovato incolta e allo stesso tempo custodita: un terreno in cui cresce l'erba randagia ma che il proprietario ha recintato con forti mura e cancelli e altre opere di sospetto. In quell'erba io sprofondavo avanzando a fatica: sapevo di essere incapace in ogni gesto che avesse a che fare con l'amore o anche solo con la tenerezza, eppure quel mattino andavo perché lui di quelle braccia urticate e di quelle gambe segnate dai rovi non s'era mai stupito. Le aveva anzi cercate, comprendendole in ogni graffio. A quel mattino avevo detto sì, dopo un lungo penare con la mia coscienza. Mentre ne parlavamo al telefono, avevo addirittura pianto come si fa nel venire fuori dalla propria madre. Perché il dolore di quella trasformazione mi partoriva.

Ero uscita di casa senza voltarmi indietro: la mia vita non era più lì, il baricentro si era spostato di colpo e venivo spinta altrove da una forza a cui non sapevo resistere. Dimenticherai tuo padre e tua madre, era scritto nel catechismo, e per amore ti donerai. Capivo solo in quel momento cosa avesse portato il Cristo a finire sulla croce. Prendete, aveva detto, prendete tutto di me. Il mio sangue, i miei denti, la mia carne, le mie vesti, il mio cranio duro e il mio cuore molle. Prendi, dicevo io. I miei muscoli piatti, la mia pelle tesa, le mie dita inesperte su ogni uomo; i miei seni da bambina e il mio ventre ancora cavo ma già dismesso, vecchio, raccolto in sé come un fiore senza luce.

Amore era questo: una vulnerabilità più grande. A farne a meno saremmo più duraturi, ma noi non siamo fatti per durare, per questo ci innamoriamo. Per questo lui arriva, ci trova, ci apre e alla fine ci inchioda al nostro legno. Amavo, adesso, e in virtù di questo forse tornavo a essere Dio, ma un Dio che finisce per amore è poco credibile, e non fa che aggiungere impertinenza alla morte. Perché quel mattino andavo a vivere, ma un po' anche a morire: muore ogni cosa realizzata, muore tutto ciò che accade appena un istante dopo. Quel mattino soprattutto spirava la mia vita fino ad allora, il treno avanzava verso di me ed era come se tutto quello da cui ero scappata per anni e per paura venisse a prendermi.

Dove credevi di andare?

Le vetture erano quasi vuote. Nel mio vagone, poco lontano da me, sedeva solo un ragazzo che prese a parlarmi appena cominciammo ad accumulare ritardo in una stazione intermedia. Andava a pranzo dalla fidanzata e la madre di lei gli avrebbe fatto pesare quel difetto di puntualità. Ma questo, più che preoccuparlo, sembrava divertirlo.

"Me ne dirà tante: che non rispetto niente e nessuno. E alla figlia di pensarci bene a fare sangue con uno straniero."

"Straniero?"

"Mia madre è ecuadoregna."

Solo in quel momento notai il colore ambrato della sua pelle e le labbra piene.

"Vivo qui da quando avevo sette anni," aggiunse scalando di qualche sedile per venirmi accanto. "Ma questa cosa non passerà mai, vede?"

Accostò il suo braccio al mio, poi concluse: "A lei non piace il sole".

Rispetto al mio incarnato provavo da sempre la rassegnazione che si riserva all'inevitabile. Gli risposi di no, sorridendo appena. Mi ricordava i ragazzi lasciati a scuola a fine maggio, gli stessi che avrei rivisto dopo qualche settimana, annoiati e sconfitti da una vacanza finita troppo presto. A loro domandavo spesso cosa avrebbero voluto dalla vita e li spingevo ad allevare quei sogni che io avevo accantonato in fretta. Lo chiesi anche al ragazzo del treno. Lui dopo il diploma aveva fatto lavori saltuari, pagati male, ma avrebbe voluto continuare gli studi.

"Magari tra qualche anno," aggiunse guardando fuori dal finestrino, verso il tabellone su cui il ritardo s'aggravava.

"Perché non ora?" gli chiesi.

Adesso sorrideva lui, e fu la sola risposta che volle darmi prima di cambiare discorso.

"Lei cosa fa nella vita?"

Avrei dovuto dirgli che non c'era molto di cui parlare. E raramente, anche prima di allora, avevo saputo trovare un inizio. Forse perché ignoravo cosa l'altro includesse nella parola vita. O forse perché io non ne sapevo nulla. Ogni volta mi sarebbe piaciuto sedermi, raccogliere in me tutta la franchezza che tenevo da parte per non sentirmi ridicola, e raccontare. Tanto più apertamente, quanto meno conoscevo chi aveva posto la domanda: è così a buon mercato, la sincerità con gli sconosciuti.

"Sono un'insegnante," dissi alla fine, e sentii tutta l'arida verità di quelle parole per la semplificazione che contenevano.

Nel parlare scoprimmo cose: che anni addietro avevo conosciuto la sua ultima professoressa di italiano, che le nostre case non distavano poi molto e si trovavano in zone di passaggio per entrambi. Era quasi strano non essersi mai visti prima.

A un certo punto mi accorsi di ascoltare per il bisogno che avevo di distrarmi dal viaggio. Non mi infastidiva il ritardo, la dilazione: mi piaceva l'idea di essere in movimento verso Andrea, di acconsentire a qualcosa che negasse il mio tempo antico, ma avevo anche paura della solitudine in cui ci saremmo ritirati. Cosa avrei fatto quando lui avrebbe chiuso la porta?

Me lo domandai mentre il treno entrava in stazione. Allora presi il telefono che avevo controllato di tanto in tanto. Andrea mi aveva scritto con insistenza:

Sono qui.

Se il treno non riparte, vengo io da te. Dimmi dove sei...

Non importa se fai tardi, ti aspetto. Intanto penso cosa chiederti per farti perdonare.

Gli avevo risposto con gratitudine. Perché prima di lui nessuno aveva anche solo rallentato l'andatura. Tutti erano corsi avanti senza badarmi, invece lui il suo tempo lo metteva nelle mie mani, stando perfino attento che non fosse di peso.

Accadde allora che il ragazzo del treno disse quella cosa che non mi aspettavo: se potevamo scambiarci i numeri. Immaginai che fosse stato il telefono a suggerirglielo, forse i miei sorrisi a vuoto o quell'inopportuno mettermi alla pari. Poteva essermi figlio, ma lui a questo non aveva pensato, perché la gente non pensa: vive, e facendolo porta avanti innumerevoli tentativi.

Abbassai la testa e finii di digitare il messaggio per Andrea.

Sono arrivata, vieni a prendermi.

Ed era quasi una preghiera.

Mentre premevo sull'invio le porte a libretto si spalancarono di colpo e io scesi rapida, salutando appena. Pensavo alla fidanzata del ragazzo, al momento in cui sarebbe arrivato da lei, perché alla fine sarebbe arrivato. E mi sembrò tutto inutile: il pranzo insieme, il viaggio in treno per arrivarci, i baci che si sarebbero scambiati. Ormai sapevo – io sola in quel momento – che un giorno lui l'avrebbe fatta soffrire.

La giovinezza. L'infernale giovinezza che non avevo mai avuto mi aspettava lì, dove il binario cominciava o forse finiva. Prima ancora di vederlo riconobbi un gesto: quello del pollice e dell'indice impegnati a far ruotare l'unico anello della mancina. Ci salutammo come sempre quando eravamo allo scoperto, alla maniera degli amici che non saremmo mai stati. La sincerità di quel che provavamo, o più semplicemente la ragione per cui eravamo insieme, doveva aspettare di trovarci soli, cercare angoli di strada dimenticati dalla gente.

Mentre camminavamo verso l'uscita parlammo del cielo, che s'era schiarito della pioggia minacciata a lungo, e dell'inconveniente di viaggiare con i mezzi pubblici. Pensavamo entrambi ad altro, ma eravamo troppo confusi per portare le parole lì dove stavano i pensieri.

"Hai fame?" mi domandò. "Ti va ancora di fare colazione?"

Era tardi, ma anche evidente che per noi ci sarebbero state altre ore. Tutti si sarebbero seduti a tavola, l'avrebbero coperta per poggiarvi sopra quello che avevano preparato fin dal mattino. Solo le nostre sedie sarebbero rimaste vuote, e noi non saremmo stati di compagnia. Non avremmo toccato pane né lasciato briciole. Quel giorno, fin dalle prime luci avevamo preparato i nostri corpi per saziare un'altra fame. Gli dissi di sì, mentre uscivamo dalla stazione, anche se tra la cena e il pranzo del giorno dopo non toccavo mai cibo. Mi accadeva da quando avevo smesso le superiori; prima d'allora prendevo mezzo bicchiere di latte intanto che infilavo la spalliera dello zaino. Poi l'ansia per una verifica, la consapevolezza di quanto fragile fosse la mia memoria inacidivano quella colazione stentata, fatta allo scopo di rasserenare mia madre. Appena il bicchiere era vuoto per lei potevo andare, poco importava che quel latte lo rimettessi prima di arrivare alla fermata dell'autobus, piegata in due contro il palo della luce, il dizionario di greco o latino messo sul muro di fianco per proteggerlo dagli schizzi.

Ci fermammo in un bar di piazza Garibaldi e mangiammo un dolce restando in piedi, lui appoggiato al banco, io accanto alla porta di vetro schiusa sulla strada, sul caldo e sui rumori. Alla fine ero arrivata a Napoli anch'io e come gli altri avrei perso qualcosa tra i suoi vicoli. Quel dolce non ricordo che sapore avesse e se fu docile nel farsi ingoiare. So che ne nascosi una metà in un tovagliolo di carta appena Andrea andò alla cassa, e lo lasciai cadere tra i rifiuti. Bisognava andare. Lui mi faceva strada e io lo seguivo. Come avevo lasciato che facessero gli insegnanti durante le gite scolastiche o la mia famiglia lungo i giorni. Adesso seguivo Andrea, che però non mi indicava il margine entro cui stare, né mi agevolava nello sgomento: me lo metteva sotto gli occhi chiedendomi di affrontarlo per assecondare la mia natura, di liberare l'animale che avevo sempre tenuto a bada a forza di sbarre e di frusta, e che comunque in me rimaneva ferocemente vivo.

Voleva che ascoltassi il richiamo del sangue appena lui veniva a svegliarlo con la scossa di una carezza o di una parola: "Vieni," mi disse.

E io semplicemente andai.

La stanza era in luce ma, appena dentro, lui si preoccupò di oscurarla, come gli avevo chiesto fin dal giorno prima. Più di tutto – più dell'odore di detersivo mescolato alla polvere, più delle tende troppo corte e maltenute dai ganci, più del silenzio irreale di quella camera d'albergo – sentii il peso del mio corpo.

Avrei voluto essere indistinta: mescolarmi alle ombre per dubitare anch'io d'aver compiuto quel passo, lasciare dietro la porta il mondo da cui venivo e dimenticarlo per qualche ora, assicurava lui, mentre io sospettavo fosse per sempre. Inoltre, avrei voluto sapere cosa fare.

Quando a colleghi, amici o persino ai miei allievi scappava un'allusione, mi accorgevo di fingere. Sì, fingevo soltanto di capire. Poi giravo i discorsi, la testa, pensavo ad altro e per rassicurare tutti spesso sorridevo. Credo che nessuno abbia mai intuìto: è più semplice sospettare la malizia che l'ingenuità. Del resto a casa, con noi figli, non si era mai parlato apertamente. Era preferibile annullare il pericolo di ogni tentazione, e l'alleato più invincibile era stata la paura. Paura del dolore, della vergogna e delle pesti annidate nel pube di ogni amore illegittimo. A tutto questo, se sei fragile, se non riconosci il gioco, se ne avverti il fiato dietro ogni angolo, non c'è rimedio né cura. A volte senti allentare la stretta e tu credi di poter fare il passo decisivo per andare finalmente fuori e lontano. Invece lei torna a serrare e a tenerti, sale da dentro, da un recesso incontrollato e riposto per venire ad accarezzarti la nuca.

Dove credevi di andare?

La sentii nelle ossa appena Andrea fece scattare la serratura e poi infuriarmi il sangue anche se in apparenza restavo quieta. In bagno mi trattenni oltre il necessario pur non avendo un cambio con me. Indossavo la mia biancheria abituale, quella che sceglievo senza badarci. Da anni attraversavo la porta del negozio già sapendo dove guardare, quale scatola e taglia indicare alla donna che da me non prevedeva nuove richieste, certa di poter esaudire quelle antiche. Vi entravo da quando il mio corpo aveva portato a compimento uno sviluppo che s'era tenuto cauto.

Ero rimasta ferma in ciò che non sapevo né mi ero preoccupata di scoprire, nelle forme avute a un certo punto, nel peso del mio corpo e nel suo stare al mondo.

Ferma.

Gettai acqua sul viso ripulendo quel poco di trucco che il caldo, lo strofinio degli occhiali da sole e i baci di Andrea avevano compromesso, mangiato. Poi venni fuori spegnendo la luce.

Era seduto sul letto, ma si alzò nel vedermi arrivare. Aveva tolto solo la giacca e le scarpe, per il resto mi aspettava. Io avevo ancora tutto addosso: i jeans, una camicetta leggera e colorata con un nodo all'altezza dei seni e le scarpe da ginnastica contro la pioggia e il pericolo di dover camminare. Mi resi conto di non aver pensato che a quello: a non bagnarmi, a non stancarmi, e di non aver costruito in me alcuna sensualità. Ero con lui esattamente la stessa di quando andavo a scuola o a fare spese, eppure tremavo mentre lui mi abbracciava e per la prima volta senza fretta fermava le labbra e la lingua sul mio collo.

Cominciò a spogliarmi. Avrei voluto lasciarlo fare, che procedesse da solo, invece lo aiutai: a sciogliere i lacci delle scarpe, ad abbassare i jeans sui fianchi. Fino ad allora nessuno mi aveva mai scoperta, nemmeno quando ero stata in febbre. Mi ero sempre accudita senza chiedere aiuto e negli anni il mio corpo lo avevano toccato solo i medici lungo esami di routine, nella maniera asettica con cui si prova a sciogliere un dubbio, non a rischiare il piacere. La cura delle sue mani, che tutto avrebbero potuto eppure nulla forzavano, mi calmò aggiustandomi il respiro e il battito. Accadde quando Andrea, in un sussurro, mi chiese di fare lo stesso con lui. Avevo spogliato mio padre, le volte in cui un inciampo circolatorio o la frattura di un arto erano venuti ad aggravare la sua dipendenza. Ma il corpo di Andrea sapeva d'un buono a cui potevo affidarmi, e poi bruciava ed era vivo e forte. Chiedeva accudimento in salute, e soprattutto era disposto a offrire, più che a prendere. Non immaginava che proprio quell'offerta mi confondeva, mi turbava, maltrattando ogni assuefazione della carne, ogni suo adattamento.

Per darmi il tempo dell'abitudine, aveva lasciato che tenessi la biancheria e neanche lui si era denudato completamente. La prima volta che ci stendemmo l'uno di fianco all'altra, volle che sui punti più sensibili al buon uso dell'amore io conservassi la protezione effimera d'un tessuto, la sicurezza che ancora poteva venirmi dai miei indumenti quotidiani. Fu un'attenzione non da poco, che solo in seguito ho compreso. Allora ero troppo impegnata a badare a cosa stava accadendo per vedere quanto amore e riguardo avesse usato nell'accostarsi a me. Ci fu un istante in cui addirittura credetti di farcela a dimenticare i pensieri e le regole in cui ero vissuta, e a lasciarmi andare. Se ancora conservo rispetto a lui un margine di innocenza o di buona fede, sta tutto lì: in quell'unico istante. Accadde quando sentii le sue dita superare l'elastico che mi stringeva poco sotto l'ombelico e poi scendere giù, dove nessuno era mai arrivato, nella zona più calda e segreta del mio corpo. L'istinto fu di stringere le gambe, come per tenerlo fermo, allora Andrea allontanò la mano e mi accarezzò lentamente il ventre, i fianchi, e solo quando sentì che lo avrei assecondato inarcando appena la schiena lasciò scorrere le mutandine verso le caviglie, chiedendomi di non avere paura.

Sentii l'esposizione della carne nel fresco delle lenzuola contro le natiche e poi un pulsare nel punto esatto in cui dal menarca in poi avevo tenuto il conto delle mie regolarità mensili. Fu per obbedire a quel battito che mi aprii, quasi inconsapevolmente, e di più appena il suo viso s'allontanò dal mio per cercare quella zona in cui bruciavo ed ero viva. Sentivo il cuore fuori sede. Se avessi poggiato la mano sul petto probabilmente lo avrei trovato cavo. Mia sorella avrebbe giurato che quella era la fine, ma aveva dentro anche qualcosa dell'inizio ed era nello smarrimento, nella sospensione, nel vuoto d'ogni sapienza. Chiusi gli occhi mentre il viso di Andrea affondava in me, dove io stessa arrivavo solo per pulirmi o calmare il formicolio del sangue che chiamava le dita. Divaricai le gambe sino alla fitta delle giunture mentre il calore d'un metallo fuso si faceva strada muovendo da un luogo di me che non avrei saputo indicare. Il respiro entrò in disordine ancora una volta appena sentii la sua lingua laggiù, tra quelle labbra che immaginavo mute e invece parlavano alle sue, lasciandosi trovare e mescolando i propri umori alla sua saliva. Lo sentivo cercare con la cura dei ciechi quella parte in cui il mio corpo avrebbe vibrato più forte e più libero. In questo lo abbandonai: non potevo guidarlo io perché ero sconosciuta a me stessa e gli spazi del mio piacere troppo vaghi e addomesticati. Il passo successivo doveva essere la perdita di ogni freno, versare il mio primo sangue senza sentirne l'impurità, aprirmi ancora e di più, aderire al suo corpo lasciando che la sua carne, che avevo visto crescere, entrasse nella mia.

Invece mi fermai.

"No..." gli dissi, appena lui si appoggiò a me.

Mentre mi irrigidivo Andrea provò ad andare avanti. Lo sentii chiamarmi per nome intanto che la sua mano continuava a chiedere, forzando appena il taglio tra le gambe. Ma il mio corpo si chiuse di scatto, smise d'ascoltare ciò che desideravo perché altre voci più autorevoli, voci che venivano da lontano, dall'infanzia, dalle chiese, dai cortili, dalla polvere delle aule in cui mi ero andata a nascondere, mi corressero facendomi sentire guasta. Non ero mia. Me ne stavo ferma in una materia di cui non potevo disporre liberamente senza sentire di mancare in qualcosa, a qualcuno. Avevo dentro un rumore di ferraglia: ero il treno in corsa che vede un ostacolo quando è tardi e preferisce deragliare piuttosto che attraversarlo. Frenai di colpo e chiusi gli occhi sul resto mentre tutto strideva e tremava.

Quando smise, Andrea era già lontano da me.

La mia vita si spaccò in due e ogni metà implorava di essere vera. Certi giorni ero la figlia rispettosa dei silenzi di casa, in altri diventavo la donna che andava a consumare lontano l'infinito chiasso che si portava dentro. Avrei dovuto scegliere dove stare, ma soffrire da sola per quella spaccatura mi sembrava più facile. Preferii dare a ciascuno ciò che chiedeva, non riuscendo a sacrificare né a deludere. Così finii col tradirli tutti, perché volevo restare e allo stesso tempo diventare. Feci l'uno e l'altro trasformandomi in qualcosa che si ridusse a pulsare di nascosto.

Ci furono per noi altre volte. Altri tentativi in cui il mio corpo fallì ripetutamente. Tuttavia, quell'amore di cui non avevo mai saputo niente, poco a poco mi entrò nelle vene diventando bisogno. Ora so che si può amare il diverso e che anzi il richiamo di ciò che non hai e mai più potrai avere rende più difficile la rinuncia. Nel grande ordine della mia vita, la confusione creata da Andrea fu appiglio e via di fuga. E anche se il mio corpo non riusciva ad arrendersi al suo, tuttavia lo cercava, domandava aiuto. Quando eravamo distanti immaginavo i molti modi della mia resa, ma poi – appena il calore del suo sangue mi era vicino – rallentavo la corsa: il suo desiderio era così adulto da disarmare il mio. Amavo come si può amare da piccoli, tutto un bisogno di mani e vicinanza e parole, da cui il corpo era escluso o impiegato in pochi e parziali esercizi. Arginavo laddove lui chiedeva di forzare i limiti. Pretendevo di ragionare e refertare momenti in cui si dovrebbe solo perderla, la ragione. Poche volte sperai che Andrea non mi ascoltasse, ma andasse avanti a mortificare in me quella bambina che col suo amore onesto faceva tanto male a entrambi. Prima di lui pensavo d'aver scelto la mia solitudine, ora capivo d'essere una donna che si lasciava piegare e frenare.

Mi veniva in mente la tecnica usata per coltivare bonsai, come i rami venissero educati ad assumere una certa inclinazione e a conservarla. Ero passata anch'io per quelle legature. Le mie ossa, le mie azioni, i miei pensieri erano stati indirizzati senza preoccuparsi di capire se quel filo di rame assecondasse il mio portamento naturale, se desiderassi proprio quella curvatura, il taglio delle radici e l'ingombrante piccolezza che non mi avrebbe mai fatta albero. Mi domando quale sarebbe stata la mia ramatura spontanea se non fossi capitata tra le mani d'un bonsaista invisibile e a suo modo feroce. Forse sarei cresciuta più spedita, ma meno dritta e ordinata di com'ero. Il mio tronco avrebbe debordato andando fuori misura, avrebbe sviluppato gobbe e nodi e pieghe impreviste; le mie radici avrebbero succhiato il sale della terra fino a farmi imbarazzante nella mia natura, nella mia libera crescita. Avrei dato un'ombra fitta e un frutto da mangiare, sarei stata vita, non quel verde ridicolo da vedere e fissare con compassione. La potatura mi aveva negato la maestosa normalità dei rami e, pur riproducendo fedelmente l'albero che scimmiottavo, restavo incapace di dare ombra e frutto.

Ero una donna bonsai: le mie radici legate con forza alla ciotola che mi avrebbe tenuta fino al prossimo rinvaso. Ero stata corretta e amorevolmente forzata a nutrirmi della scarsa terra a disposizione, della poca acqua di cui necessitavo. Avrei potuto essere forte, invece avevano studiato la mia debolezza: sarebbe bastato un nulla – un sole troppo acceso, dell'acqua poco calibrata oppure una concimazione irregolare – perché morissi.

Andrea veniva a impedirlo rifiutando l'idea che andassi avanti così. Lungo tutta la mia vita è stato il solo a immaginare che avessi diritto anch'io alla normalità: che potessi crescere ancora contro ogni speranza e a dispetto dei tagli subiti. Non pensò mai che fosse tardi e le mie radici legate per sempre. Laddove altri costruivano ostacoli ponendomi innanzi all'idea del pericolo o della mia inadeguatezza, lui mi parlava di coraggio e trasformazioni possibili. Giorno dopo giorno mi dava acqua e luce, e io – pur temendo ogni volta di annegare o di bruciare – bevevo, mi esponevo. Lo feci ogni volta che andai da lui provando a dimenticare quel che ero.

Ma in fondo non dimenticavo mai e non importava quanto poco sapessi di me.

Forse appartenevo al numero di quelle poche, rare persone che hanno avuto la capacità di domare la propria natura ancor prima di preoccuparsi di capire cosa e quale fosse.

L'amore, il sesso, li ho trovati solo nei libri oppure nei film che non guardavo mai da sola. In famiglia c'era il tacito accordo di cambiare canale non appena qualcuno cominciava a spogliarsi. Non importava a cosa si arrivasse, non interessava che potesse finire tutto lì, tantomeno che si perdesse il senso della storia. L'accenno e l'intenzione bastavano ed era più utile censurare. Quando ero bambina e il telecomando non esisteva, ero io quella che andava a pigiare un altro tasto della piccola tv in bianco e nero perché il mondo non venisse a turbarci. Ricordo che scendevo rapida dalla sedia, cercavo di tenere l'occhio sul bottone da schiacciare, invece mi soffermavo sullo schermo fino all'ultimo secondo. Poi, mentre guardavamo un programma più rassicurante, non riuscivo a impedirmi d'immaginare cosa stesse accadendo dall'altra parte, in quella metà oscurata che il televisore divorava a comando, ma che continuava indisturbata appena fuori dai nostri occhi. Di certo sbagliavo misura, fantasticando ben oltre quel che effettivamente veniva trasmesso in quella fascia oraria e a quei tempi.

Fu un pudore che conservai negli anni: anche da adulta mi capitava di andare al cinema e di stentare a tenere fermo lo sguardo su certe nudità di cui gli altri godevano e che io invece giudicavo. Benedicevo i libri anche per questo, perché li abitavo in solitudine, perché tra le pagine il rischio della vita e dell'amore e il suo potere di distruggermi diventavano accettabili – quasi desiderabili –, perché potevo restare ferma sulle parole senza dovermene vergognare e soprattutto senza che qualcuno mi chiedesse di voltare pagina. Le parole non le vedeva nessuno e nessuno immaginava che, mentre leggevo per ore sull'ultimo gradino del cortile, scoprissi cose che nella vita avrei imparato a nascondere, se volevo essere perbene.

Mi sfuggivano le ragioni per cui quel formicolio nella pancia – che un po' assomigliava allo stimolo dell'urina – non andasse ascoltato, e perché mai alcuni luoghi del corpo non si potesse toccarli con le mani, tantomeno coi pensieri. Quando la gattina tornava a casa dopo l'amore e la vedevo rovesciarsi sulla schiena, strofinarsi contro i mobili e le tende, c'era sempre qualcuno pronto di scopa a farla uscire. La sua danza assomigliava a quella del gatto morente e chissà che l'amore fisico e la fine non avessero lo stesso odore, di terra ed erba bagnata: quello che la gatta si portava addosso per giorni finché non lo leccava via, e si poteva tornare a carezzarla.

La mia educazione sentimentale è stata frettolosa, parziale: fatta di pezzi messi insieme a fatica, come un'autodidatta. Oltre ai vari, confusi segnali che la vita mi metteva sotto gli occhi, ci fu un giorno preciso in cui essa cominciò.

Eravamo in classe durante una delle mattinate di fine anno, faceva caldo e io mi annoiavo, quando sentimmo bussare alla porta. La nostra aula era in fondo, al termine di un corridoio sopraelevato a cui si accedeva mediante una scala di marmo, i gradini segnati da righe antiscivolo. Entrò un uomo alto e massiccio, indossava la giacca e una cravatta che, durante il giro, di certo gli avevano messo caldo: il sudore era passato attraverso il cotone della camicia e la stoffa grigia della giacca, stampandosi in due grossi aloni sotto le ascelle. Si presentò al nostro insegnante di lettere e domandò se per caso non fosse di disturbo, nonostante l'evidenza del nostro scarabocchiare sui banchi in attesa che la campanella ci liberasse. Aveva con sé una borsa di pelle un po' mangiata ai bordi da cui, mentre continuava a parlare col professore, tirò fuori degli opuscoli, i pochi che gli erano rimasti. Dopo averne poggiato uno sulla cattedra, si rivolse alla classe.

"Chi di voi legge?"

La domanda, un po' approssimativa, sollecitò la risposta dell'insegnante.

"Che io sappia, tutti," disse, ed era quasi soddisfatto d'aver messo l'altro in ridicolo permettendoci di ridere.

Si confrontavano due mondi: quello del mio professore, modesto ma tranquillo nelle sue sicurezze borghesi, contro quello del venditore, di certo più insicuro, affarista, abituato a vivere alla giornata. A me fece simpatia il secondo, forse per questo rimasi seria e lo ringraziai quando mi porse un pieghevole su cui era stampato un elenco di libri con qualche rigo di trama. Ma a quell'ora eravamo insofferenti: qualcuno dei miei compagni allontanò il foglio da sé lasciandolo chiuso, qualche altro ne approfittò per dare di gomito a chi gli sedeva accanto; io lessi qua e là senza sapermi decidere.

"Pensate a quanto è lunga l'estate e a quanto vi annoierete, senza qualcosa da fare. Non è vero, professore?"

Il venditore cercava un alleato che ci spingesse all'acquisto, ma l'altro non confermò né smentì. Raccolse l'opuscolo dalla cattedra e lo scrutò rapidamente.

"Non saprei," disse sollevando gli occhiali che gli servivano piuttosto a mettere a fuoco noi oltre i banchi. "Spero che sia una selezione adatta alla loro età," aggiunse. E tornò a compilare il registro.

Intorno c'era il chiasso degli ultimi minuti, ma aggravato dalla pigrizia che ci sorprendeva ai primi di giugno. In quel baccano presi la penna e segnai un cerchio intorno ai titoli che avevo scelto senza convinzione. Scrissi poi nome e classe nel margine, come era richiesto. Siccome fui l'unica a farlo, pensavo che l'uomo mi avrebbe almeno ringraziato, invece mi tolse il foglio dalle mani con un gesto nervoso appena la campanella ci chiamò fuori. Mi disse solo di portare tremila lire il giorno dopo e mentre si affannava a recuperare gli opuscoli che i ragazzi avevano lasciato in disordine sui banchi – alcuni maltrattati al punto da essere ormai inutilizzabili – mi fece segno d'andare. Raccolsi lo zaino col viso in fiamme e corsi giù, lungo i gradini. Persi il primo autobus e sul secondo capitai contro il taglio della porta. Quando fui a casa domandai a mia madre i soldi per i libri e li misi subito nel diario a scanso di ogni smemoratezza. In fondo ero pentita e anche un po' delusa: ricordavo vagamente i titoli scelti, invece il gesto ingrato dell'uomo che mi mandava via sentivo che avrebbe continuato a bruciare.

Il giorno dopo, durante l'intervallo, un ragazzo entrò nell'aula facendo il mio nome. Pagai la somma che chiedeva e lui mi consegnò un pacchetto sigillato con del nastro adesivo. Lo feci sparire nello zaino e nel pomeriggio, quando intorno smise ogni rumore, lo aprii. Dei tre libri selezionati solo uno corrispondeva, gli altri erano "sostituzioni per articolo mancante" – diceva un foglio infilato frettolosamente tra le pagine. Fu così che mi ritrovai tra le mani un volume intitolato *L'affare Marseille*. Lo lessi nello sconcerto dei miei pochi anni e l'autore, un certo Lehman, si fece carico di spiegarmi quello che forse succedeva quando cambiavo canale. Tornavo spesso su alcune pagine, le rileggevo e il respiro s'affannava; stringevo le gambe e la tensione arrivava fino al ventre.

Pensai che quel libro mi assomigliava: potevo lasciarlo in vista sul comodino, infilarlo nella borsa, tenerlo tutto il giorno tra le mani senza che qualcuno entrasse in sospetto. E anch'io non ero che una ragazzina come tante, che in più leggeva, leggeva fino a rovinarsi gli occhi e la schiena: potevano guardarmi quanto volevano, sedermi accanto e non vedere fin dentro la mia ombra.

Tuttavia quelle pagine non mi tennero ferma oltre qualche pomeriggio, perché durante l'estate incontrai *Il conte di Montecristo*, *La signora dalle camelie*, *L'idiota*. Non sono sicura d'aver compreso allora cosa intendessero dirmi quelle storie, eppure mi persi dietro una bellezza che dava un godimento solo in parte simile all'altro.

Era qualcosa di più implicito e allo stesso tempo più limpido, forse più facile da spartire e confidare; qualcosa che veniva ad accarezzarmi in un punto in cui scoprivo di essere sensibile senza però vergognarmene.

Quel genere di libri fu per anni il mio silenzioso e legittimo orgasmo. A partire da essi feci salire i miei scaffali edificandovi intorno la mia vita e un giorno il volume che mi era stato venduto per caso lo lasciai cadere nel cesto della carta straccia. Con quel gesto lo tagliavo fuori per avermi mostrato qualcosa di laido e primordiale di cui, con un po' d'attenzione, avrei potuto fare a meno.

Innumerevoli volte da allora mi sono alzata dalla sedia, ho pigiato il tasto e, senza che nessuno me lo comandasse – con un automatismo ben oliato dal tempo e dall'educazione –, ho cambiato canale.

Lui non aveva bisogno di niente. A sedici anni, appena il banco aveva dato segno di limitargli lo spazio delle gambe, Andrea se n'era andato a lavorare. Da allora lo aveva fatto ininterrottamente, cambiando spesso vita, casa e abitudini. Sentivo che la creta malleabile della sua vita era ben diversa dalla mia, facile a spaccarsi e a diventare asciutta come legno. Molte volte mi era capitato d'immaginarlo adolescente, inquieto al pari di quelli che seguivo a scuola, e già convinto di volerlo montare, il puledro pazzo della sua vita – ma senza pretendere di domarlo. In fondo gli piaceva quello scatto nervoso che ti costringe a cambiare sentiero per riavviare da capo la corsa. Il suo passato era la somma di ciò che aveva compiuto, non mancato, perché a ogni desiderio era seguita l'azione giusta a scongiurare ogni rimpianto.

Di lui continuavo a sapere il poco che raccontava, ed era ogni volta una fitta immaginare in che modo si fosse procurato le rughe del viso o quali soli gli avessero macchiato la schiena. Avrei voluto che per Andrea tutto cominciasse con me e mi smarriva invece prendere coscienza che non solo aveva vissuto più a lungo dei suoi anni, ma che pensasse di poter continuare così, me nonostante. Ascoltarlo era cadere in un abbaglio che dava le vertigini. Di sicuro aveva amato molto, e me ne parlava senza intuire cosa provassi quando smuoveva quei ricordi fatti d'una libertà e d'una giovinezza di cui non avevo prova, solo sospetto. Nel suo caso era stato il padre a spiegargli come trattare le donne e come desideravano essere trattate. Con grande sorpresa, inseriva in quel numero anche me. Lo faceva quasi distrattamente e trascurando quanto fossi incompiuta, pur essendo passata per un lavorio infaticabile.

Mi aveva parlato spesso della sua famiglia, ma il nocciolo

duro che lo aveva spinto ad andarsene appena maggiorenne era rimasto in ombra.

"Mi hanno dato la libertà che volevo," provò a raccontarmi, "ma ogni famiglia ha il suo dramma. Sono andato via dopo aver detto a mio padre tutto quello che pensavo di lui."

Un giorno poi, mentre eravamo in macchina, mi aveva confidato anche altro, ad esempio di quando suo padre lo aveva difeso da un insegnante che gli aveva sequestrato l'album delle figurine.

"Il mio, per me, non l'avrebbe fatto," dissi. Ma lui continuò senza badarmi.

"Me lo ricordo ancora," socchiudeva gli occhi come per focalizzare un dettaglio, "quella volta tornai a casa e spaccai tutto. Rivolevo il mio album, mi sembrava un'ingiustizia."

Io aggrottai la fronte.

"Sì," continuò, "ruppi tutto quello che c'era a portata di mano."

Poi si fermò e abbassando la voce aggiunse: "Sono molto cambiato da allora, alla fine si cresce".

"E tua madre?"

"Lei era bellissima, in effetti anche mio padre lo era. Ma lei aveva qualcosa di gitano e libero nella testa. Mi guardava fare il pazzo e non cercava nemmeno di calmarmi. Mi ha sempre appoggiato molto, anche quando a cinque anni rubai i dolci alle suore."

"Ci sono pure le suore nella tua vita? Lo sapevo che a scavare qualcosa sarebbe saltato fuori..."

Lui sorrise. Sorrideva spesso quando lo prendevo in giro.

"Sì, ci sono pure loro. Ci andavo perché a casa mi annoiavo, ma quelle teste di pezza volevano farci stare seduti tutto il tempo, urlavano sempre. E poi inventavano storie."

"Di che tipo?"

"Del tipo che dietro una certa porta c'era il diavolo e nessuno di noi doveva passarla."

"Be', riuscirono a incuriosirti parecchio: ti ci vedo a fare comunella col diavolo, appena dietro la porta."

Scoppiò a ridere e mi poggiò la mano su una gamba.

"Meriteresti una punizione, se fossimo nel posto giusto."

"Allora credo che dovrai perdonarmi," esitai spingendo la schiena contro il sedile e spostando appena il ginocchio.

Andrea rimise la mano sul volante e scosse la testa, mentre guidava raramente staccava gli occhi dalla strada.

"Sei sempre sulla difensiva," disse. "Proprio non riesci."

"Non capisco."

"Proprio non riesci a fidarti di me."

Era vero. Posso garantire che durante la mia vita non ho mai tralasciato non tanto il dubbio legittimo, quanto il sospetto. L'abitudine alla cautela mi accompagna da quando per induzione ho cominciato a praticare l'obbedienza, e chi mi cammina di fianco ha costantemente propositi che vanno interpretati, corretti, quasi mai accolti. Sono sempre in allarme: minacciata da un mondo che consiglia prudenza e in cui me ne sto scomoda e in colpa come una sopravvissuta. Solo a tratti arriva altro, ed è quasi una luce che non so riconoscere, perché azzera la vista. Dura poco, ma è abbastanza per darmi la vertigine della corsa, del possibile: un nodo che s'allenta e nel suo cedere fa la stessa paura di quando stringe.

Andrea fu il primo a capire quale guerra stessi combattendo e a chiedermi di portarla fino in fondo. Nel tempo avrebbe preteso che lavorassi su molti lati del mio carattere ma io, proprio in virtù della diffidenza, pensai che fosse scadente un amore che chiede mutamenti. Chi finora aveva detto di tenere a me s'era preoccupato che restassi identica, non perché mi giudicasse perfetta ma perché era economicamente perfetto l'immobilismo: perché la trasformazione era un rischio di lesa tranquillità valido più per gli altri che per me stessa. Invece, Andrea mi suggeriva che l'unica verità di ogni vita era l'impermanenza e senza nessun riguardo smontava i pezzi, apriva porte, prendeva una lente e sembrava dirmi,

Vedi?, non sempre è giusto quello che ci sembra conveniente. E chi l'ha detto, poi, che l'amore deve usare riguardo?

Fu allora che mi raccontò come aveva oltrepassato la porta proibita. Non era nemmeno chiusa, perché un divieto che poggi sulla paura, disse, ha più possibilità di riuscita d'una chiave. Piccolo com'era, sentì comunque che non gli andava di spartire quel brivido annidato in fondo alla schiena, quindi aspettò che gli altri dormissero per andarci da solo, a incontrare il diavolo delle monache.

"Aveva un buon sapore," confermò a distanza di anni, "e anche un buon odore. In quella stanza c'era ogni ben di dio e con noi quelle maledette facevano storie anche se chiedevamo di assaggiare un'ostia."

"Che combinasti là dentro?"

"Puoi immaginartelo. Mangiai di tutto fino a scoppiare. Aprii ogni barattolo, ogni pacco, volevo conoscere il gusto di ogni cosa. E devo dire che le sorelle ci sapevano fare, almeno con le farine. Forse... per compensazione," ipotizzò, e aveva una piega di malizia nella voce.

Restai in silenzio.

"Ci pensi che dev'essere, la vita delle monache? Ci pensi a come si tormentano di notte?"

"Magari quella vita le appaga, è una loro scelta."

Andrea rise del mio candore.

"Nessun essere castrato, volontariamente o meno, può sentirsi sazio di notte. Anche perché chiunque, pure il più ingenuo, sa di cosa ha bisogno la sua carne. È un richiamo naturale, non puoi decidere di non ascoltarlo. Sta lì, in circolo nel sangue," fece una pausa, "anche nel tuo."

Ne avevamo parlato spesso. Andrea provava a entrare nelle mie fantasie quasi cercasse conferme o sollecitasse una presa di coscienza, una confessione. Non credo abbia mai capito sino in fondo la mia diversità, che restava intatta e crudamente viva nonostante avessi, alla maniera degli altri, lungamente fantasticato. Penso che a un certo punto abbia voluto normalizzarmi perché gli era troppo difficile la verità che aveva intravisto: sapere che mi portavo nel corpo come un bisogno di estinzione. Io, per esempio, non avevo mai pensato che la maternità potesse riguardarmi. Non ero fatta per crescere e moltiplicare, e per quanta tenerezza mi dessero i bambini, potevo giocarci solo se valeva l'impegno di qualche ora.

Era la paura, sempre lei, a guidarmi: mi sarei spaccata in due, non avrei saputo reggere; il mio seno ingrato non avrebbe avuto latte; mi sarei addormentata mentre mio figlio piangeva o distratta quando aveva bisogno; mi avrebbe chiamata giorno e notte e io sarei arrivata tardi, stanca; avrei sottovalutato un malessere o caricato di peso una sciocchezza, perché ero un impasto di esagerazione e frivolezza; avrei spiato ogni respiro e ogni morso di pane, fino a farmi male perché col cuore non sapevo regolarmi. No, non potevo farcela.

Mentre ascoltavo Andrea, pensavo che io avrei obbedito alle suore, avrei creduto all'esistenza del diavolo e lo avrei lasciato dietro la porta. Avrei allevato anche quella paura e tutte le volte avrei affrettato il passo in prossimità della soglia.

"Tua madre cosa disse?" gli domandai venendo fuori dai miei pensieri.

"Niente: che avevo fatto bene."

Poggiai il gomito tra la portiera e il vetro e guardai in lontananza. Chissà che ne sarebbe stato di noi, se avessimo avuto l'uno la vita dell'altra: se io fossi nata da quella donna un po' gitana e a lui fosse toccato d'abitare le mie stanze. Forse quella madre mi avrebbe dato tutta la sicurezza che mi mancava, dicendomi continuamente, *Hai fatto bene.* E io non mi sarei confusa né persa lungo i giorni. Chissà poi se si sarebbe perso lui, se gli sguardi di mio padre lo avrebbero piegato, e che ne avrebbe fatto dell'amore se avesse dovuto scoprirlo dai sussurri dei grandi e dagli ammiccamenti, dalle trasgressioni dei compagni di classe o dalle pagine poco accorte di un romanzo. Chissà se venivamo dalla natura, più che dalla costrizione.

Lo guardai: si mordeva l'interno della guancia e guidava scansando le buche senza che nulla, nemmeno un sasso contro il ciglio, gli sfuggisse. Avvertivo una specie di tenerezza per la sua vita e per la fiducia che lui ancora provava nonostante ogni cosa venisse a tradirlo. In quei mesi Andrea stava perdendo il lavoro e sentiva che il prossimo cambiamento avrebbe potuto condurlo ovunque, anche lontano. Tremavo alle sue parole, perché in fondo ero grande e piccola insieme: troppo adulta e allo stesso tempo ingenua per resistere a un abbandono. Setacciavo i suoi propositi ripercorrendo dialoghi e circostanze. Tentavo ossessivamente di rintracciare del rammarico nella sua voce o nei suoi gesti, che fosse almeno dispiaciuto di non avere radici da affondare in una terra qualsiasi. Ma cercavo a vuoto, ed era questo ad avvilirmi: sapere che Andrea domani avrebbe potuto essere altrove, lontano da me, e non andare in pezzi. Accettare di non essere inclusa nel rimpianto dei luoghi che mutavano e del nido che si decomponeva a ogni giro di vita. Soprattutto, rassegnarmi a vedere negata ogni conciliazione. Per lui era semplice: mi chiedeva solo di vivere il presente perché non ne avremmo avuto in eterno e di dimenticare ciò che eravamo per gli altri.

"Tu sei così sicura di esserci domani?" mi domandò una volta. "Io no."

Innanzi a quelle parole sentii che il cuore andava in confusione, perché il solo pensiero che Andrea smettesse di esserci era ingiusto ai miei occhi quanto la morte di un bambino. Lui aveva dentro una vulnerabilità, un qualcosa di inerme ed esposto che non riuscivo a mettere a fuoco, e credo sia stato quello a legarmi, come a un abisso su cui non avevo potere di rifiuto.

Chi era veramente puro? Chi viveva il desiderio che provava, oppure chi lo reprimeva senza uscire dalla propria dannazione? E poi, che differenza passava tra il fare e l'aver desiderato se non l'innocenza del liberarsi d'una scoria, la sincerità della resa a ciò che realmente si era?

Avrei voluto che lui mi educasse, che trovasse la centralina del mio sistema e la bruciasse con un corto circuito. C'erano momenti in cui mi sentivo capace di rimettere in gioco tutto pur di cambiare pelle, vita. Ma erano momenti, appunto. Poi lo sbattere di una porta, il tossire di mio padre nel fondo d'una camera, un rimprovero ben assestato a ogni amore sconveniente, il costante sospetto dell'abbandono mi restituivano a quel che ero e tutto diventava meschino.

Era questo il meccanismo della mia infelicità e mi lavorava con lo zelo di un alveare. Per molto tempo, anche quando già pensavo che fosse qualcosa in più, Andrea fu soltanto l'evasione: la mia possibilità d'andare a guardare nella dispensa mentre gli altri bambini dormivano.

Ho immaginato a lungo il mondo da cui veniva Andrea, mentre lui ha sempre creduto che abitassi uno spazio irrimediabile in cui, quasi volontariamente, mi ero lasciata chiudere e poi dimenticare. Soprattutto era convinto che non ascoltassi abbastanza, ma non era distrazione la mia. È vero solo che la sua vita ho provato a metterla insieme poco a poco, quasi a inventarla partendo dalle sue parole senza mai entrarci. Fatico ancora molto ad ammetterlo, ma ho imparato che esiste una parte di sé per cui ognuno proverà sempre una specie di imbarazzo, pur sapendo che è tanto sincera e intima da non doversene scusare. Io, ad esempio, mi vergogno d'aver giudicato troppe volte Andrea per quelle scelte che non sarebbero mai state mie e che mi tenevano a distanza.

Era più pronto a vivere che a ipotizzare un domani, e al presente avrebbe sacrificato tutto, anche l'ipotesi d'un avvenire che gli permettesse di poggiare il capo da qualche parte. La forza testarda con cui chiedeva di essere felice lo rendeva indifeso ai miei occhi, vulnerabile quanto un ragazzino che non ha capito ancora come gira il mondo. Pensavo si sarebbe ammazzato prima o poi, o che un giorno il cuore gli sarebbe scoppiato in petto a forza d'inseguirla, la gioia. In fondo lo avrei voluto più prudente, poco importava se più infelice o se in quella sicurezza avrebbe trovato il congegno d'una gabbia, e nella quiete la malattia del nido.

Così com'era, la sua vita mi sembrava inaccettabile, perciò lo tenni nascosto agli altri: mi dicevo che se ne avessi parlato, se qualcuno avesse saputo, lo avrebbe fatto a pezzi, l'amore mio. E non mi rendevo conto d'essere stata io la prima a dilaniarlo.

Alla luce del tempo vissuto, il mio fianco non era posto per chiunque. Non poteva starci chi parlava a voce troppo alta, chi non misurava le parole, chi non dava peso all'innocenza, chi non coltivava stabilità, tantomeno chi non faceva dell'accuratezza la costante del suo quotidiano. Ero arrivata a crederci anch'io e a guardare in quella direzione senza mai affezionarmi a qualcuno. Con Andrea avevo visto anzitutto il limite del diverso, ma poi si era affacciata la speranza di poterlo chiamare alla mia terra di pacatezza e ragione, dove si rideva poco, si camminava piano e i malanni erano solo un disordine momentaneo: la difesa d'un corpo che capitolava alle stagioni.

La sua febbre mi ricordava invece quelle dell'infanzia, buone a stirare le ossa e a farle crescere. Mi lasciava addosso la devastazione d'una guerra che spazza via i popoli e che a furia d'insistere ti rende disabitata.

Con lui non era mai finita, avevo l'impressione di avanzare verso un punto indistinto che si spostava sempre più avanti: quando credevo di esserci e che non avrei più dovuto faticare ad accogliere altro, compariva qualcosa di imprevisto che metteva alla prova la mia capacità di trattenerlo. Alla fine lo facevo comunque. Non so quale forza mi montasse dentro, eppure riuscivo ad accettare il suo catalogo interminabile di conquiste, il periodo in cui era vissuto per strada oppure nudo su una spiaggia, o quel mandare ciclicamente in polvere ogni stabilità per seguire l'estro del momento.

Prima di incontrarlo, anche uno solo di questi elementi lo

avrei giudicato imperdonabile e mi avrebbe tenuto a distanza. Adesso capivo invece quale pungolo aveva spinto Nicla a seguire il ragazzo che la prendeva con sé fuori scuola, e come lei, quanti obbedivano a quell'oscuro impulso umano che mi avevano insegnato a chiamare errore, mentre era tanto più indefinibile quanto più si provava a dargli un nome.

Conoscere a fondo una vita è impossibile, a un certo punto ci si racconta di saperne abbastanza e si decide di non guardare oltre, perché nessuno di noi potrebbe sopportare l'idea di essere tra sconosciuti. Avevo creduto anch'io di muovermi in uno spazio noto, affiancata da esistenze che scorrevano limpide e penetrabili al mio sguardo. Adesso riconoscevo la svista e l'ingenuità.

Non sapevo ad esempio cosa disturbasse il sonno di mio padre da quando i suoi occhi s'erano indeboliti fino a sfiorare la cecità, cosa lo spingesse a lamentarsi come un bambino, prima di ritrovare l'ipocrisia della veglia; quale fosse il nome vero della cosa che, a un certo punto, aveva cominciato a dormire nelle ossa di mia madre e che noi, per comodità e grazie all'aiuto di specialisti, chiamavamo depressione; quanto realmente fosse lontano dall'uomo che era oggi mio fratello, il ragazzo che mi portava a comprare il gelato nella controra tenendomi in bilico tra le gambe mentre il motorino andava, per poi chiudersi in bagno con un giornaletto osceno; cosa potesse diventare la quiete di mia sorella le volte in cui, per curiosità o stanchezza, sollevava gli occhi dal formicaio del suo presente. E poi c'ero io, col poco che anche loro sapevano di me, di ciò che potevo diventare a seguito di opportune sollecitazioni. Se non avessi speso altrove la mia vita, chissà con quali fondaci avrei familiarizzato e da quali ombre mi sarei lasciata prendere, per quella vocazione all'abisso che, al pari di una goccia bastarda, aveva fatto tana nel mio sangue – senza inquinarlo per intero, ma senza nemmeno lasciarsi confondere.

Avevo creduto anch'io di sapere molto di Andrea finché

una sera, con tutta la leggerezza di cui era capace, mi parlò dello Shibari.

"È un interesse recente," disse spiando le mie reazioni. "E ci sono tanti significati nascosti in questa antica arte giapponese. Se non vengono compresi in profondità si rischia di fraintendere."

Gli chiesi di spiegarmi.

"Immagina un uomo e una donna, nel chiuso di una stanza. Immagina un legame già così forte e totale da permettere alla donna di abbandonarsi completamente a chi la legherà."

"C'è bisogno d'una corda per provare un legame?"

"C'è bisogno di complicità, per rafforzarlo. Ha a che fare con la fiducia," disse lui, "e al tempo stesso con quelle forze naturali che tutti ci chiedono di nascondere. Parlo della passione, del desiderio di controllo e di dominio, ma sono in gioco anche la paura e l'umiltà: saper eliminare la prima e accogliere la seconda. Sembra qualcosa di esteriore, che riguarda la pelle, invece conta l'interiorità."

Lo ascoltai. Mi raccontò un mondo che non conoscevo e la sua voce prese la calma di chi trova la via di casa. In quelle parole tutto veniva piegato a un senso nuovo verso cui dovevo essere instradata. Non capivo come le corde potessero diventare bellezza o dimostrare devozione. E mi sfuggivano sia le ragioni per cui l'amore potesse desiderare un potere sull'altro, sia quelle che potevano indurre a concederlo. Procedevo piano in quella scoperta, ascoltavo, ma la mia mente non era abbastanza capace da contenere quell'altra metà del vivere. Mi era difficile intendere che Andrea non cercasse un corpo da bloccare, ma un'anima da tenere ferma, vicina. Chiedeva l'unica generosità che mi costava fatica: chiudere gli occhi e lasciarlo fare, senza voltarmi. Il nodo, in questo strano gioco, smetteva di essere un punto cieco per diventare apertura; non separava ma fondeva, amalgamava, mischiava due vite che, benché distanti e chiuse in ruoli diversi, diventavano un unico corpo libero, naturale come quello del bambino che dorme nella madre.

"Ma i nodi faranno male."

"I nodi sono solo efficienti e belli," disse, "non fanno male, o comunque è un dolore sopportabile, che sconfina nel piacere."

Scossi la testa: "Perché legare?".

"Non è un semplice *legare*, è un prendersi cura dell'altro. Un modo per tener fermo e prolungare l'attimo in cui due corpi consenzienti si uniscono. Capisci?"

Venivo da un altro mondo, fatto di significati più elementari, e forse non riuscivo a calarmi al di sotto della superficie. Era troppo facile pensare a un erotismo che anni prima, specie quando lo avevo intercettato da piccola, mi aveva turbata anche se non respinta. Si crede sempre che l'infanzia sia il tempo della purezza, mentre è solo quello delle verità che in seguito saranno custodite di nascosto. Crescere significa trovare paraventi alla natura, è deviare lo sguardo, abbottonare fino al collo le camicie. Tuttavia quel riflesso infantile restava, compariva a tratti: assomigliava all'inspiegabile curiosità che ti fa rallentare in prossimità d'un incidente o ti porta a spiare i vetri di una casa. Nell'immaginare quella situazione avevo rallentato, ma dopo un attimo ero tornata adulta e rigida: per me quelle corde non potevano far altro che stringere, castigare la carne, nutrirsi di un piacere balordo che non coincideva con il bene a cui avevo fatto l'abitudine.

Dopo avermi ascoltata, lui restò in silenzio. In seguito non ne riparlammo, ma quell'idea continuò a lavorarmi.

Provai a saperne di più, e ogni volta mi imbattevo in una realtà che scrutavo come dal buco di una serratura proibita. Restavo a guardare certe immagini, leggevo saltando le righe, poi tentavo di scacciare le fantasie che venivano. Più di tutto mi restò impressa la foto di una donna. Era nuda, in ginocchio e di spalle; i capelli tenuti alti in un accurato chignon, le braccia legate alla schiena da una massiccia e complicata cordatura che le immobilizzava i polsi, metteva in rilievo la carne premuta, tendeva la pelle. La posa non era volgare, ma quasi ascetica nonostante la nudità; o forse era proprio quella, assieme alla chiusa compostezza, alla padronanza totale del proprio corpo, all'eleganza eretta e immobile (ma di un'immobilità che non dipendeva dallo scatto fotografico), a trasmettermi un senso di armonia. Mi capitò di pensarci durante le ore in cui, senza mai riuscirci, provai a ridurre la distanza rispetto al corpo di Andrea. Ricordavo quella donna legata, capace di valutare così poco (o così tanto) la sua vita da metterla nelle mani di qualcuno. Mentre io non cedevo, non mi abbandonavo mai sino in fondo: era come avere dentro una parte sempre desta, che non si dava pace. Durava forse dalla veglia del terremoto, e da allora non aveva più riposato.

"Tu sei come gli altri," aveva detto accarezzandomi la nuca. Ed era la prima volta che qualcuno evitava di riconoscere lo strano animale che ero. Aveva accostato la macchina lungo il ciglio e mi guardava.

"Come sono gli altri?"

Nel chiedere non mi ero spinta indietro, ero rimasta ferma contro la sua mano, lo avevo quasi incoraggiato a premere e a restare.

"Vivono e vogliono vivere. Il tuo corpo implora di arrendersi, com'è possibile che io lo senta e tu no? Devi smetterla di difenderti, di avere paura."

Ero stanca anch'io di farlo e appoggiai la testa su di lui.

"Perché ci siamo incontrati, secondo te?"

Andrea respirò forte e mi arrivò l'odore delle sigarette che preparava usando filtro, cartine e tabacco.

"Dev'esserci una ragione per tutto?"

"Un senso, allora."

Tossì: "Se non riesci a trovarlo da sola, non credo di poterti aiutare io".

Si mosse appena sul sedile e mi sembrò che accadesse per insofferenza. Mi staccai da lui con imbarazzo e nel silenzio che venne cercai qualcosa da dire. Non ricordo che mese fosse ma era autunno, i vetri s'erano appannati e girai le manopole per schiarirli contro la sera. Posso ricordare l'odore che aveva lui, la piega dei capelli dopo essersi poggiato al sedile, cosa indossavo io e quali scarpe avessi scelto poco prima d'uscire; ma allora come adesso non avrei saputo dire quali guerre nel mondo stessero continuando mentre io regolavo il getto d'aria nell'abitacolo, cosa fosse successo di recente a chi mi abitava di fronte, chi fosse nato e chi avesse deciso di smettere con questa mania dei giorni. Era un tempo solo nostro, affollato di bisogno, paure e desiderio.

"Senti," mi disse a un certo punto, "andiamocene da qualche parte, io e te. Giusto qualche ora, lontani da tutto."

La sua voce s'era fatta calda, bassa. Con una mano tornò a carezzarmi la nuca, mentre con l'altra mi scostava i capelli dalla fronte. Gli vidi gli occhi e mi parvero cupi, sognanti, troppo svagati nel guardare lontano, oltre me.

Per settimane ero stata indecisa con lui e il coraggio mi venne di colpo quella volta, come quando da bambina avevo imparato ad andare in bici. Era dall'inizio dell'estate che provavo a togliere le ruote aggiuntive, e mio fratello ogni pomeriggio cercava di educarmi all'equilibrio tenendomi per il sellino. Poi, un giorno di settembre, eravamo tutti a tavola e sentii dentro il movimento di un pezzo che si sposta e si poggia finalmente dritto.

"Ora ci so andare in bicicletta!" dissi.

Mi precipitai in cortile per dimostrarlo a me stessa prima che agli altri e davvero andavo, non mi ero sbagliata. Barcollavo appena ma mi tenevo, bilanciavo il mio peso su due ruote e all'occorrenza sapevo staccarmi dal pedale per poggiare la suola a terra.

Quel momento tornava adesso: la sensazione provata nel separarmi per sempre dalle mani di mio fratello per arrivare in fondo al cortile, la ritrovai nel guardare Andrea e nel dirgli di sì. Fu come dimenticare di non essermela cavata da sola; d'aver avuto bisogno di quelle braccia di ragazzo per non sbandare né cadere; smettere di essere grata per i libri studiati, per i malesseri assopiti da cure legittime, per il cibo messo in tavola ogni giorno. Fu come capire improvvisamente che la mia libertà – nella percentuale di dimenticanza che comportava – non toglieva nulla a chiunque mi avesse accudito.

Andrea mise in moto senza parlare. Gli ero riconoscente per quello spazio di tempo in cui potevamo starcene coi nostri pensieri. Mi stupì quasi, dopo qualche minuto, udire la sua voce di nuovo spessa, che veniva dal fondo di sé, dalla zona più nascosta e vera.

"Ma tu..." disse cercando con cura le parole, "sei mai stata curiosa?"

"Di cosa?"

"Non sei mai stata curiosa di sperimentare, di andare oltre?"

Non capivo, e sapevo che quel silenzio poteva essere una domanda.

"Intendo: di provare sensazioni nuove," aggiunse, "vedere fin dove il tuo corpo può spingersi."

Il mio corpo. Era così analfabeta che di certo non avrebbe saputo cogliere i messaggi più elementari del suo e rispondere a tono. I movimenti naturali li avrei confusi con l'aggressione e, al di là del consenso dato, credo che Andrea avrebbe dovuto forzare una resa che non sarebbe mai stata piena, totale. Non riuscivo a rassegnarmi al dolore da attraversare e lo strazio, l'intrusione della carne mi sgomentava. Potevo immaginarlo nel chiuso d'una stanza, tra le lenzuola lavate di fresco, ma cosa avrei fatto quando sarebbe giunto il momento? Le mie ossa si sarebbero serrate ancora? Mi avrebbero frenato le proibizioni sedimentate nel tempo? Oppure avrei smesso di ragionare per vivere ciò che – fin da bambina – era entrato in me sotto forma di fantasia? Non potevo saperlo perché il mio era un corpo estraneo a me stessa. Conoscevo i suoi limiti, meno le sue possibilità. Sapevo solo io la fatica d'abitarlo e assecondarlo nei mutamenti d'umore; il tormento del non poter seguire mai del tutto ciò che desiderava; l'addormentarsi in una convinzione per poi svegliarsi nel suo contrario. Conoscevo il potere che aveva di degradarmi, perché le sue funzioni più naturali me le avevano tinte di vergogna e impurità. Avevo appreso di essere torbida nei miei giorni mensili, quando mi comandavano di non toccare le piante appena interrate, sennò morivano; di non preparare le conserve per l'inverno o sarebbero marcite.

"Hai le tue cose?" mi chiedevano, e se annuivo sentivo aggiungere, "allora fatti in là che mandi a male tutto."

Giusto una volta, per disobbedienza, avevo aiutato a imbottigliare la passata di pomodoro e quando avevamo tolto i barattoli dal bidone di cottura avevo pensato che erano solo storie. In seguito ero scesa ripetutamente in cantina per controllare l'orlo delle conserve, senza notare segni di marcio o di muffa precoce. Quando le assaggiammo, però, mio padre scosse il capo e disse che poteva dipendere dall'annata di piogge, se la salsa aveva quel retrogusto.

"Come di ferro tra i denti," aggiunse, e nei lineamenti aveva tutto lo sforzo del cercare un paragone adatto.

Io non lo sentivo, eppure mi veniva da stringere le gambe quando arrivava in tavola un piatto condito di rosso, e mi vergognavo per quel senso di ruggine che non sapevo se attribuire alla mia indisciplina o a quella del cielo.

Fu una coincidenza non da poco se consolidò il pensiero che nel mio corpo riposasse qualcosa di oscuro che poteva sfuggire al mio gusto, ma non a quello degli altri. Un qualcosa di violento, quasi un artiglio scellerato in grado di tradirmi e addirittura uccidermi se avessi peccato di disattenzione.

"Làvati a pezzi in quei giorni," mi istruivano, "o il sangue si ferma da qualche parte e diventi scema, oppure muori."

Crescendo avevo finto di non crederci o di dimenticarmene, tuttavia inconsapevolmente uscivo più in fretta dalla doccia e mi asciugavo neanche avessi un'ombra accanto, un fantasma che per qualche motivo mi risparmiava.

"Non succede niente," avevo detto a mia sorella in un'estate ormai lontana, quando mi aveva rimproverato d'essere entrata in mare. "Lo vedi che sono viva?"

Ma lei senza scomporsi, incurante del sole e delle troppe lentiggini:

"Già," rispose ridendo, "sei fortunata: magari diventi solo scema".

Per anni il mio corpo era stato una specie di abito – un po' fuori garbo e fuori moda – che se ne stava appeso a una gruccia aspettando si facesse l'ora giusta. Solo Andrea aveva fatto girare gli orologi anche per me e mi aveva spinto a indossarlo e a provare a starci comoda. Cosa mi chiedeva di farne ora?

"Nulla che non includa il rispetto," mi disse. Parlava con voce calma e con quel distacco che s'impiega per le questioni importanti.

Poi aggiunse: "Solo complicità, consenso, fiducia nell'affidarsi. L'amore non è altro che questo, almeno per me".

Parcheggiò lungo una strada che non conoscevo. I negozi erano ancora aperti, ma dai vetri appannati non distinguevo le scritte sulle insegne luminose. Con le dita ripulii una zona del finestrino: vidi gente a passeggio nonostante la pioggia, fidanzati che approfittavano del fresco della sera per stare più vicini, coppie che condividevano l'onere della spesa del sabato e anziani seduti a giocare a carte nel chiuso d'una stanza dove una porta s'aprì per un attimo, come a tradirli. Li guardavo e sentivo che erano tutti nel giusto: vedevo innocenza dappertutto, il male – invece – solo in me.

"Siamo arrivati?" domandai.

"Scendo a prendere qualcosa da mangiare, *dopo* ci verrà fame."

Aveva lievemente calcato quella parola: *dopo*, ma lo aveva

fatto con la naturalezza di chi prende coscienza dell'effetto rispetto a una causa. Dopo l'amore, dopo esserci svuotati, ci sarebbe stato bisogno d'aiuto. Indifesi, affaticati dalla tensione e dallo sforzo di darsi senza freno, avremmo rovistato nei sacchetti unti che ora uno sconosciuto, nella rosticceria di un paese qualsiasi, confezionava per noi. Per quello che di noi sarebbe rimasto, *dopo*.

Nulla di più, niente di meglio per l'amore indicibile e invisibile che andavamo a consumare. Andrea tornò indietro velocemente, mi poggiò in grembo una busta che conteneva un vassoio d'alluminio e un cartoccio di patatine fritte.

Mi guardò e sorrise.

"Ti fidi di me?"

Annuii senza pensarci e lui si avvicinò a baciarmi sul bordo delle labbra.

"Faccio in un attimo," disse.

Attraversò la strada ed entrò in un negozio piccolo, affollato di oggetti all'ingresso. L'insegna mezzo fulminata mi aiutò a capire che si trattava di una ferramenta.

Vidi le corde per la prima volta sotto la luce fioca dell'abitacolo, ma il chiarore si oscurò appena Andrea richiuse lo sportello scuotendo la testa e maledicendo la pioggia. Con un movimento rapido, mentre entrava, aveva spinto verso me la busta trasparente, ma io non ero stata pronta ad afferrarla.

"Tienila lì," aveva detto lasciandola cadere umida e rumorosa poco lontano dalle mie gambe.

Mi ero chinata appena a guardare senza muovere le mani.

Mettendo in moto si fece serio. Provava a interpretare il mio silenzio e quel gesto istintivo di portarmi in fondo al sedile, senza trovarci niente di buono: era come se una parte di me avesse compreso ciò che ancora non sapeva.

Andrea si voltò a guardarmi: "Tutto bene?" mi chiese aggrottando la fronte, e quella domanda adesso sembrava scuotermi i polsi e dire, Si può sapere che succede?

"Perché?" dissi tirando l'orlo della gonna oltre le ginocchia.

Andrea aprì il portasigarette e con la dritta sfilò dal fermo metallico un bastoncino morbido, non perfettamente pieno forse perché rollato con poco tabacco. Abbassò d'un dito i vetri di entrambi i lati, poi, con una rapida pressione del pollice, fece girare la rotella dell'accendino e diede fuoco.

"Per capire chi siamo veramente," spiegò soffiando il fumo verso la feritoia e rallentando per concentrarsi su quello che diceva. "Chi siamo quando abbiamo potere e quando smettiamo d'averne; quanto siamo disposti a donare all'altro, ma anche fin dove sappiamo spingerci nel controllo di un corpo che si fida. A seconda della prospettiva, quella di chi viene legato o di chi lega, ognuno avrà le sue risposte."

Fuori c'era buio di lampioni troppo distanti. Avanzavamo piano e i fanali delle auto che viaggiavano in senso opposto erano spilli che trafiggevano la vista facendomi guardare il nero o la linea continua del margine.

Andrea puntava gli occhi sulla destra, a cercare un varco poco visibile che temeva di perdere. Poi svoltò in un cancello lasciato aperto e che a tratti scompariva sotto la monta dei rampicanti. I fari mi aiutarono a distinguere che una porzione d'anta, quella che normalmente avrebbe fatto da chiusura, era fuori sede. Adesso la sua unica funzione sembrava quella di reggere un cartello che stava per cedere, ma intanto recava la scritta VENDESI e sotto dei numeri che nessun padrone, ormai, si preoccupava di rendere visibili. Doveva essere un angolo di cortile il punto in cui ci fermammo. Le luci della strada si spensero all'improvviso nella cappa d'una vegetazione fitta, lasciata crescere con negligenza, e d'una costruzione imponente ma semidiroccata che si apriva in fondo, dove era più notte.

Andrea provò a rassicurarmi: "Questo posto lo conosco," disse. "Qui non ci disturba nessuno."

Ogni spettro dell'infanzia e le creature nate durante le ore buie, quelle in cui il bagno si faceva troppo lontano alla fine del corridoio, vennero a cercarmi. Mettendo ordine nel nero, distinsi una zona più scura delle altre, forse la bocca spalancata d'un androne in cui la testa, più che lo sguardo, giocò a suggerirmi l'allucinazione d'un corpo in attesa. Durò un attimo, poi la bambina che tratteneva in pancia il bisogno finché non era giorno lasciò posto alla donna, e altre paure, come prima i fantasmi, mi sedettero accanto.

Provai a dire qualcosa. Gli domandai perché avesse scelto un luogo così randagio, e se non si potesse andare altrove, ma Andrea non rispose. Non rispondeva mai alle domande che gli sembravano inadeguate, e questo mi faceva pensare che ci fosse un motivo di silenzio. Forse la sua irregolarità andava oltre quanto avessi immaginato, forse Andrea non aveva un posto suo e amarlo avrebbe significato vagabondare tra camere d'albergo e spazi di fortuna senza mai avere risposta.

In quel silenzio lo vidi raccogliere ciò che serviva, anche la sua borsa di tessuto militare, perché quella sera – più delle altre – c'era bisogno di cose. Non mi guardava, il suo respiro diventava sempre più spesso e tradiva la concentrazione su un pensiero vivo, che quasi costava fatica: era come se tutto fosse già cominciato e ormai non avessimo più la possibilità di rimetterci in strada e tornare indietro.

"Vieni," mi disse. "Lascia stare questo," indicò il sacchetto con la cena, "prendi l'altra busta."

Era sceso e mi aveva aperto. Ebbi la sensazione che si trattasse d'un gesto senza garbo, fatto per accelerare i miei tempi e convincermi a seguirlo. Solo allora capii che bisognava andare, attraversare quell'androne carico di ombre e far parte del nero.

Avanzavo piano, stando attenta a dove mettevo i piedi, rimpiansi di non avere i pantaloni perché tra il selciato irregolare di certo era spuntata un'erba alta e arida che pungeva e dava i brividi. Nella sinistra reggevo la busta con le corde mentre con l'altra mano stringevo la stoffa della sua giacca, ed era l'unica prova che Andrea fosse ancora lì. Andava avanti con sicurezza, come un gatto o semplicemente come un uomo che sa fare a meno della luce. Tra noi due sarebbe sempre esistita una sproporzione: lui sapeva, vedeva, mentre io avanzavo nell'incerto senza che gli occhi vi si abituassero. E se anche non l'accetto come regola generale, in seguito ho pensato che almeno quella volta dovesse andare così, perché delle cose che ci segnano, di quelle che a distanza di tempo possiamo definire importanti, è giusto non saperne niente, o eviteremmo d'attraversarle.

Mi accorsi di essere dentro appena tutto si azzerò, e mi parve che fossi sparita anch'io. Non c'era più il lieve supplizio dell'erba selvatica contro le caviglie, né l'instabilità di camminare su un letto morbido da cui potesse spuntare qualsiasi animale notturno, tantomeno le piccole gocce che il cielo ancora mandava. Sotto le suole adesso sentivo il liscio d'un pavimento sparso di terra e ghiaia venute da fuori, mentre dall'alto – da un soffitto che immaginavo lontano per i suoni che rimandava – cadeva l'umido delle cattedrali, delle pietre messe su una a una col proposito di confondere la chiusura con la protezione.

Quel luogo era il vuoto, la difficile identificazione di un punto in cui tutto finiva o cominciava, oppure – ed era come includere la morte e la vita – si trasformava.

"Aspetta," mi fece, e capii di dover lasciare la presa.

Dai rumori pensai che Andrea stesse rovistando nella sua borsa. Poi improvvisamente fu luce, era il fascio di una torcia che rischiarò un punto della parete di fondo dove erano allineati mobili vecchi, sedie malconce, cassette di legno e alcuni sacchi che non avrei saputo dire cosa contenessero, se non spasso e cibo per i topi. Il chiarore ruotò intorno, a ispezionare la completa solitudine in cui eravamo, solo allora Andrea si avvicinò e tornò a ripetermi: "Ti fidi di me?".

Quando il tempo del mio silenzio gli sembrò ragionevolmente lungo e privo di un rifiuto esplicito, mi prese per mano e mi guidò in una stanza più interna.

Ricordo questo: che la luce, per un attimo, mi fece più paura del buio.

Dall'alto della camera cadeva un filo elettrico a cui era sospesa inutilmente una lampadina. Qualcuno vi aveva annodato un pezzo di fune che Andrea usò per appendere la torcia. Infilò il manico in una specie di cappio e poi strinse finché non fu sicuro che tenesse. Il fascio di luce oscillò prima di trovare un punto su cui cadere e restare. Era quello il luogo: proprio lì mi sarei fermata anch'io.

Andrea tirò fuori dalla borsa un telo e lo stese a terra. Poteva essere un taglio di lenzuolo poco spesso, sfilacciato in certi punti; mi avrebbe forse protetto dalla polvere, ma non dalle schegge e dai ciottoli che erano lì per me – pensai –, per farsi sentire. Quando mi aveva chiesto di togliere le scarpe e di mettermi sotto luce, li avevo trovati: cattivi e rigidi contro i talloni, sapevano pungere e molestare perché non stessi comoda.

"Spogliati lentamente," mi ordinò dal buio.

Rimasi ferma come nei giochi di bambina, che se non ti muovi, se diventi pietra, nessuno ti vede e non perdi la partita. Ma non durai, la luce finiva negli occhi e li deviava perché in quel luogo il passaggio dal giorno alla notte avveniva senza gradualità né clemenza.

Avrei potuto chiedere che tutto finisse lì. Andrea benché a malincuore mi avrebbe portato via – come ogni volta, in prossimità del mio corpo, aveva accettato di arrivare fin dove gli chiedevo. Sì, lui avrebbe fatto anche questo per me.

Se rimasi fu perché lo volevo almeno quanto lui, perché pensavo che quello potesse essere l'amore, e perché mi sembrava di poter mandare in frantumi in una notte sola tutti i divieti, le proibizioni e le paure di cui ero serva. Rimasi perché, se di lui avevo sempre avuto vergogna – una vergogna borghese e insopportabile, che saliva dal fondo di certi gradini dove avevo lasciato l'indolenza dei miei pari e il vociare plebeo –, adesso sentivo piuttosto una vicinanza, una somiglianza. Lo incontravo in quella terra di nessuno e riconoscevo d'avere i suoi stessi bisogni e desideri, e che in questo non vi era nulla di eccezionale o di mostruoso. Ero stanca, stanca di proteggermi e di sospettare pericoli: avevo solo voglia di resa.

"Non devi aver paura," disse avvicinandosi e offrendomi le braccia.

Mi lasciai prendere. Poi gli permisi di sbottonare, slacciare e liberare. La luce continuava a cadere dall'alto sul mio corpo che non era mai stato così bianco.

Io non ho mai avuto un corpo. Ho solo creduto. Lo sento ora che la corda scorre veloce sulla pelle e sfilando brucia in certi punti d'attrito, finché non si ferma in un nodo, un incrocio che preme la carne ma che non posso vedere. La corda stringe, sicuramente sta rigando il costato poco sotto e sopra i seni. Più Andrea la tira a sé, meno facile viene il respiro. Finché il dolore è sopportabile, mi ha spiegato, non dire nulla. Ma come faccio a sapere quello che posso sopportare? E come si fa a capire fin dove si può arrivare col dolore e con l'amore? Quest'immobilità del resto io la conosco, vivo imbrigliata da sempre e ho solo immaginato di muovermi come tutti. La verità è che questo corpo, che adesso Andrea sfiora con la cura che mi ha sempre promesso, non è mio. È tuo ciò di cui puoi disporre senza darne conto, diversamente è un prestito, una locazione momentanea in attesa dello sfratto. Questo corpo io lo abito nella sfiducia e nella prudenza di una non vita. Per me è un estraneo, perché non so mai in che modo dormirà e con quale cuore si sveglierà al mattino. Se sarà pronto a vivere o a morire. Prova a non essere o a farlo per la prima volta, non so distinguere. Mentre perdo le funzioni abituali e anche il potere di ribellarmi, sento la quiete dell'inevitabile. Come sotto un temporale. Come davanti alle punizioni meritate. Come tutti i giorni della mia vita. In quale punto s'annida il corpo adesso, mentre Andrea lo stana, lo tiene, lo prende al laccio a domarne il selvatico? Controllo il respiro, perché se i polmoni vorranno più aria io non potrò dargliene. Seguo a occhi chiusi il corso del sangue e lo sento andare lento, intorpidirsi alle dita. Rallentare prima di trovare spiragli entro cui muoversi perché il suo senso è la corsa, è schivare lo stretto delle corde senza capire cos'abbia questo luogo, perché improvvisamente sia diventato tanto faticoso da attraversare. Il formicolio parte dalle unghie, poi si allarga alle mani, alle braccia, finché tutto sparisce. E non ho più materia, solo fragilità. Il corpo è un bambino che puoi sgridare e cacciare in un angolo. La mente, invece, è l'adulto invincibile che non si fa legare né convincere. Lì Andrea non può arrivare. Perché è oltre me, è quello che resterà in fondo appena il sangue avrà smesso di bruciare. Di nodo in nodo e a ogni giro di corda il corpo perde un pezzo di sé e scompare. Lui non mi parla. Mi lascia sola a capire fin dove posso scendere e fidarmi. Per un istante apro gli occhi e vedo le forbici poggiate poco lontano dalle mie ginocchia, pronte a tagliare la fune in caso di pericolo. Perché questo stiamo facendo, giochiamo con l'amore e il rischio tenendoli il più possibile sotto controllo. Allora ricordo: le piccole radici dei bonsai fissate alla ciotola da una legatura, i rami piegati dal filo di rame in modo da prendere l'inclinazione dovuta, la loro eterna potatura perché la crescita naturale non li renda disobbedienti. È dunque questo l'amore?, mi domando. Un assecondare per non deludere, un continuo piegarsi e poi l'agguato del pericolo? Ora che ho spento la luce sotto il panno delle palpebre mi sembra che tutto sia finito, e che vi sia pace in questa educazione. La fitta che sento è un dolore che non sa stare nel suo, ma sconfina in una zona che non conosco, dove entro per la prima volta, e mi dà piacere. Godo di quella stretta, di quell'immobilità e di quella luce che cade dall'alto e mi espone; il mio corpo cede e vibra come mai prima e poi trema, di gioia e paura, per un piacere che nega ciò che ho creduto d'essere e afferma quel che divento un istante dopo l'altro.

Ci sono, alla fine sono arrivata nel mio luogo proibito, in questo spazio senza pareti eppure chiuso, irto di spigoli. Da quando ho imparato a camminare ci sbatto contro, perché è una zona di cui i miei piedi non hanno esperienza. Dove scompare l'assedio delle parole e della ragione, e qualcosa comincia a infuriare, ed è come una nota che sale verso una tonalità sempre più alta. Sempre più ammaliante e desiderabile. Quella che adesso ho finalmente il coraggio di ascoltare e chiedere che duri anche per me: il battesimo della carne, la mattanza del candore.

Andrea mi domanda come sto, ma la sua voce arriva da lontano, la sento appena. E da lontano arriva anche l'amore che prova sul mio corpo addomesticato. Vorrei tanto dirgli la verità: che sto bene, che desidero quei nodi addosso almeno quanto lui ha desiderato procurarmeli; che voglio essere amata a qualunque prezzo e dolore, purché mi tenga ancora, a lungo. Purché non mi lasci andare. Vorrei dire questo, ma non ne sono capace e la mia mente si apre di colpo su altri pensieri che stringono da sempre. Quali nodi tenere? Quali allentare?

Sento su di me il peso della luce, come se tutti i colori che contiene mi avessero snidata. Ma io preferirei ridurmi in cenere più che essere vista per ciò che sono, tanto mi risulta insostenibile ormai la responsabilità del piacere. Quella luce adesso viene a smascherare il mio bianco, e io dopo aver passato la vita a corteggiarlo scopro che non è innocente. Nessun tipo di bianco lo è. Quanta purezza può avere un colore che per esistere nasconde, imprigiona, divora tutti gli altri negandoli uno a uno? Quanto candore può venire da quella barbarie di toni, da quel condominio cromatico, insomma da tutta quella gioia del sottomettere? Mi rendo conto d'assomigliargli ancora – e più profondamente – perché il mio vuoto di passioni è invece stipato di desideri trattenuti. Dopo averli nascosti, imprigionati, divorati, a un certo punto sono emersi per venire a spaccarmi il cuore.

"Slegami, ti prego," dico allora, calmando ogni godimento. "Togli tutto. Riportami a casa."

Invece, a casa, credo di non essere più tornata.

Quella notte mi sembrò di non riconoscere le pareti, familiari fino a poche ore prima; di trovare spostati gli oggetti e che il mobilio fosse stato sostituito durante la mia assenza. Anche gli odori non erano più quelli abituali, e il cucinato della sera, tenuto sotto un piatto e un panno di cotone a quadri, non aspettava di certo me. Solo la luce riconobbi, ed era il lume acceso dell'ansia finché ogni cosa non trova pace, e il figlio rimasto fuori non è rientrato: il pane che s'accompagnava alla paura che io non passassi per la porta.

"Perché sei ancora in piedi?"

Mia madre aveva di certo sonno, ma lo ingannava controllando i chiavistelli e le finestre.

"Stavo andando," disse senza guardarmi.

"Alla mia età, non ti pare un po' ridicolo che ti trovi ad aspettare?"

"C'era un bel film alla televisione, l'ho guardato con tua sorella fino a poco fa."

"E ora ha smesso di interessarti?"

Mia madre sparì nel corridoio senza rispondere e io la seguii con lo sguardo. Cercavo sempre di scoprire quale fosse il suo segreto e da dove venisse la serenità ostinata con cui difendeva la propria vita, fatta d'un trascinarsi di camera in camera. Arrivavo alla conclusione che vi fosse certamente una bontà maggiore nella soddisfazione delle sue giornate piuttosto che nella debolezza con cui accettavo di vedere sfigurate le mie. A volte avrei voluto completare e approfondire l'opera della rinuncia, fosse almeno per obbligarla a guardare da vicino cosa potesse essere, questa mia vita senza scampo. Se il corpo non l'avessi sentito improvvisamente dolorante, accaldato nei punti in cui le corde erano passate, l'avrei rincorsa per dirle quanto avrei voluto che tutto fosse diverso e che lei, più distratta e allegra, allentasse la stretta. Sentirle dire, *Vivi figlia mia, ché la vita è un morso e quando l'hai ingoiato non resta niente. Tu intanto vivi.*

Ma lei era già sparita oltre la porta, e poco dopo il cigolio della rete metallica chiuse per sempre la sua giornata. Guardai verso la stanza di mia sorella, dove l'uscio invece restava continuamente dischiuso su quello che facevamo e dicevamo, perché solo di quella casa, solo di quel nido, le importava. Avrei voluto urlarle che tutti nasciamo figli, ma a un certo punto bisognava pur chiuderla, quella porta che adesso con la sua disponibilità mortificava ogni disobbedienza. Veniva a darmi prova che si poteva fare di meglio ed essere più figli degli altri.

Mi lasciai cadere su una sedia e rimasi ferma, poi scoperchiai la cena ormai fredda nel piatto.

Pensai che fosse tardi, tardi per tutto, e nel silenzio di quella che non era più casa mia piansi, come la bambina che forse meritava ancora di essere aspettata.

Parte terza

Non si può nascere, ma si può morire innocenti.

CRISTINA CAMPO

Mi sono sempre chiesta quale fosse la misura dell'amore. Se esistesse un modo per riconoscerlo senza sbagliare. E quanto valesse il mio. I libri su cui avevo costruito il mio stare al mondo entravano spesso in contraddizione e l'amore poteva essere tutto e il suo contrario: era provato dall'istinto di godere dell'altro, oppure dimostrato dalla sola tenerezza; bastava un attimo per capire, oppure poteva non essere sufficiente una vita. Si oscillava tra il consiglio di seguirlo liberamente e l'esigenza di proteggerti dai suoi abbagli: i libri mi insegnavano in definitiva che ogni storia non è mai stata raccontata fino in fondo, e ha un finale sempre imprevedibile. Dunque, nella mia avrei dovuto capire e sbrigarmela da sola.

Al principio avevo creduto fosse facile tornare indietro, a una solitudine familiare, invece il tempo che venne fu irriconoscibile. Non una pacata e volontaria estromissione dalle cose, ma il nulla più assoluto, feroce e immodificabile che si possa attraversare.

Dopo essere stato in compagnia non torni solo, resti nell'abbandono, e se non hai appigli costruiti gradualmente rischi di rovinare: eccola di nuovo, la spinta sulla schiena che mi manda a finire sul selciato. Prendevo atto di non aver messo pietra su pietra, ma di aver giocato con la sabbia e, anche se molte cose le avevo imparate, sentivo di aver trascurato la più importante: io non sapevo stare al mondo se non a fatica, a disagio e con la paura di perdere ciò che – per caso o per errore – mi fosse venuto alle mani.

La mia vita in fondo non era stata altro che questo: la storia di una grande paura. Perché ne avevo avute tante da seguire, da quelle smisurate e serie a quelle sprecate, se troppo piccole per averci a che fare. Ed erano come tante ferite indimostrabili, quasi incredibili – per questo, forse, ancora più difficili da portare.

Perdere Andrea fu il peggior lutto della mia vita perché in me s'intrattenevano – in una pericolosa sosta – tutte le età che ancora aspettavano di essere licenziate. Lasciar andare è un'arte, e io non l'avevo imparata. Allora lo tenni fermo con la testardaggine dell'adolescenza. Lo cercai con l'ostinazione della gioventù. Lo inseguii con la disperazione di chi nella maturità sente il tempo sfuggirgli di mano. Nemmeno da bambina ero stata così indifesa, così facile da prendere. In un momento ormai irriconoscibile Andrea mi aveva afferrata, trattenuta a sé, e io ero rimasta, pur dibattendomi nell'indecisione della carne. Credevo fosse giusto fare pace con la giovinezza e lui mi era sembrato la più giovane cosa al mondo. Per questo, anche la più lontana.

Quando sparì dalle mie giornate, con la stessa rapidità con cui vi era entrato, al principio mi sembrò di meritarlo (per aver barattato l'eternità con il puro e semplice tempo), poi mi sentii persa. Il telefono smise di suonare, i miei messaggi restavano senza risposta o ne ricevevano una – concisa e brutale – a distanza di giorni. Improvvisamente non c'era più spazio da darmi, ben altro richiamava la sua attenzione, ed erano problemi, problemi che io non potevo capire perché la mia esistenza comoda ora diventava un'offesa. La mia regolarità quotidiana un esempio di malessere borghese, un veleno rassicurante solo per me che non conoscevo la vita eppure entravo in classe per insegnare qualcosa che non poteva escluderla, la vita.

Eravamo diversi dalla sera in cui avevamo avuto le nostre risposte e un motivo per soffrirne. Da allora divenne frequente il malinteso, l'abitudine di trovare nelle mie parole intenzioni che non riuscivo a prevedere prima d'averle pronunciate e spesso neanche dopo. Al telefono sudavo, cercavo qualcosa a cui aggrapparmi, scoprendo invece che ogni gentilezza poteva essere maltrattata.

Il tempo insieme prese a far male.

"Ma perché stai così curva quando ti siedi? Tirati su," mi aveva detto una volta.

E poi: "Non sei per niente femminile, ti sei mai guardata?".

"Se una non riesce ad aprirsi completamente ai piaceri della vita e del corpo, che donna è? Questa condizione, se possibile, mi fa più schifo di quella delle suore."

"Non ascolti, sei concentrata solo su di te: forse ti è difficile capire anche cose elementari."

"Sei sempre in allerta: secondo me dovresti farti legare a un palo, nuda, implorare che qualcuno si fermi e..."

Quella volta gli avevo chiesto di smetterla.

E lui aveva smesso, ma di cercarmi. Mi sembrò così semplice, il suo decidere e restare in quell'idea, da farmi pensare a uno scherzo, a una prova: non che stesse accadendo per davvero. Andrea mi privò delle sue parole e del suo corpo che avevo amato e rifiutato. La sua assenza la percepii nel dilatarsi del tempo e dello spazio: le ore diventavano lente e difficili; i luoghi in cui mi ero sempre mossa, troppo grandi per non rischiare di confondermi. Mi chiedeva d'immaginare da capo la mia vita, ma senza quel calore che la rianimava. Come potesse mancarmi ciò che mai era stato mio, era inspiegabile. Eppure mancava, ed era un inferno fatto di dettagli, odori, di sensazioni che il corpo ricordava con la fermezza dell'ossessione. Mi ridussi a cercarle poveramente dove e come capitava: ero la gatta in calore, quella che tutti avevamo scacciato per proteggere le nostre stanze pulite dal suo odore selvatico; quella che non si poteva perdonare né accarezzare; quella che smetteva di essere *nostra* quando si strusciava, invasata d'amore, contro le gambe del tavolo; quella che obbediva alla propria natura, non al turbamento delle nostre scope. Sapevo che anch'io non sarei stata perdonata, perciò aspettavo di essere sola, allora spingevo il bacino verso lo spigolo di un tavolo o la sponda del letto; indugiavo con le dita dove prima passavo rapida; immaginavo quello che non avevo osato chiedere. Durava poco la sensazione che trovavo, la sostituiva ben presto un malessere laido misto all'insoddisfazione e, di nuovo, alla vergogna.

In un trattato di strategia militare avevo letto che per colpire in modo irresistibile occorre infilarsi nei vuoti altrui, che sono sempre innumerevoli e imperiosamente distribuiti. Andrea lo faceva aggredendo, isolandomi, trovando spiragli nella mia armatura: riusciva a procurare ferite perfette, a mutilare senza spargere sangue. All'occorrenza mi avrebbe annientata con la sapienza millimetrica d'un samurai.

Mi sforzavo di capirla, la sua emarginazione: non avere uno spazio di vita che potesse durargli e convincersi ogni giorno che quell'incertezza coincidesse con l'essere liberi; che avere la facoltà di dormire finché si vuole non avesse il triste ricambio di non sapere dove poggiare la testa, appena sveglio. Amava il cambiamento e non avrebbe resistito a lungo in nessun lavoro, tuttavia aveva dovuto piegarsi a tentarne alcuni che lo avrebbero normalizzato, inserito in quello stesso ingranaggio che detestava perché non dava spazio al merito. Il potere, il successo o la semplice tranquillità – insisteva – erano privilegio dei mediocri, e mi sembrava che in quella lista inserisse anche me, col mio stipendio fisso e tutto ciò che non avrei mai potuto capire, nonostante i libri a cui davo più spazio che alla vita.

"Non mi leggi," mi accusò durante una delle nostre ultime discussioni, "non ti assumi responsabilità di niente. Se avessi voluto, un po' ti saresti sforzata di conoscermi. Sei solo legata all'idea di qualcosa che non sono io."

Lo lasciavo dire. Dimenticavo più facilmente il peggio e

ricordavo la volta in cui mi aveva scritto, *Resta vicina, ne ho bisogno*. Io lo avrei fatto: sarei rimasta per sempre, perché da sempre avevo la tentazione dell'eterno. Ma lui non chiedeva tanto, di certo aveva trovato ridicola la mia devozione fatta di pensieri e parole, e avrebbe preferito che lo affrancassi dal peso delle mie intenzioni senza scadenza. Amare Andrea fu non solo la più scomoda delle scelte, ma anche l'erotismo più crudo che potessi concedermi, perché passò per la testa, prima di svernare il corpo. Adesso avevo bisogno di desiderare cose, persone, luoghi che non fossero quelli che mi avevano circondato fino ad allora – pur sapendo di non essere pienamente capace di preferire, tantomeno di rinunciare. Adesso capivo perché la gente si perdeva. Perché a un certo punto barattava la serenità della propria vita con un caos senza promesse. Nulla di sentimentale, solo una cosa che graffia dentro, turba e fa male.

Il tempo di Andrea fu quello del corpo in lotta con la mente, e in sottofondo restava come una voce che veniva dal basso: era l'ululato del lupo che eccita la natura domata del cane a catena, il richiamo del rapace che vola alto, mentre un suo simile trova requie sul guanto del falconiere. Era tutto quello che andava contro l'educazione, le regole e i divieti e che a un certo punto mi aveva annusata, braccata alla maniera delle prede. Questa verità seppe torturarmi, ma poi compresi che Andrea avrebbe potuto fare ed essere ciò che voleva, inseguire il bisogno del corpo con la fermezza dell'animale, arrivando fino all'indicibile e all'osceno: io lo avrei accettato comunque dopo aver provato a difendermi. Perché l'amore è la cosa più irragionevole che esista. A volte, alle mie spalle immaginavo un lavorio durato lungo i secoli e necessario a coprire con un manto di rispettabilità ciò che nella vita è fondamentale ma scandaloso, desiderato ma rimosso. Quell'opera di correzione era arrivata fino a me, eppure era stata inutile se adesso sperimentavo il fallimento di tanta fatica.

Imparavo a mie spese che avrei potuto nutrirlo in mille

modi e riservargli tutta la quiete d'una stuoia, ma il lupo avrebbe continuato a puntare gli occhi verso il fitto del bosco, e a desiderare la propria fame. Soprattutto, prendevo coscienza d'una verità con cui avevo convissuto da sempre: che si può amare anche senza sentirsi accuditi, anche senza speranza. Anche quando intuisci che non cambierà niente e dovrai cavartela da sola (come sola mi aveva lasciata a sbrigarmela con le valigie o le borse o i trolley – le poche volte in cui, col cuore in disordine, avevo accettato di passare con lui un fine settimana). Il peggio è che si può insistere a tenere in vita un amore pur senza riuscire a comprenderlo. E non c'è taglio più crudo del desiderare ciò che non distingui nettamente, perché è vero che molte cose di Andrea io non avevo gli strumenti per metterle a fuoco: avanzavo semplicemente verso lui, lo seguivo come farebbe una falena con una luce che si spinga sempre più dentro la notte.

Avevo mai amato prima? Credevo di poter rispondere con una ragionevole dose di certezza: no. I bambini e poi i ragazzi e a seguire gli uomini erano stati per me quella lacerazione che avrebbe potuto solo guastare la buccia candida della mia vita. Quando avevo provato a conoscerli erano sempre stati eccessivi per crudeltà o indifferenza, per superbia o remissività. Li avevo lasciati scorrere sotto i miei occhi con la stessa velocità con cui probabilmente io scorrevo nei loro. Indistinti ed elementari, erano solo varianti più o meno riuscite o discrete dell'uomo che anni prima si era fermato a parlare con Imma. Pensavo a lui ogni volta che scoprivo uno sguardo incapace di governare la propria lussuria. Se ne stava appostata nell'erba alta, dietro un muro crostoso o il panneggio raffinato d'una tenda; tenuta ferma quasi a fatica, saltava fuori all'improvviso in un guizzo pronto ad aggredire e a divorare.

Diego in un tempo breve della mia adolescenza rappresentò l'anomalia. Era l'unico ragazzo che non avevo mai visto stare in moto a passo d'uomo per seguire una sottana, o rallentare per studiarsela meglio. C'era dunque qualcuno che non ignorava solo me, ma anche tutte le altre, perfino quelle che passavano ore davanti allo specchio. Qualcuno che pareggiava i conti, insomma, e metteva giustizia nel mondo. Non era nemmeno un estraneo perché, attraverso un complicato meccanismo di unioni, risultava essermi cugino alla lontana – il nostro sangue leggermente sporcato dalle vene dell'altro. Tuttavia, non ci frequentavamo e persino la carne andavamo a prenderla altrove, invece che nel loro negozio nascosto in una strada fuori mano. A casa di Diego potevo dire di esserci entrata giusto in qualche occasione: quando suo padre era morto cadendo da un tetto mentre riparava una grondaia; e poi molti anni dopo la nascita di Antonio, figlio dell'uomo che un paio di volte al mese vedevo entrare in macelleria poco prima della chiusura. Arrivava carico di buste come chi venga a seminare il bene, mentre provava solo a farsi scarico della coscienza d'avere famiglia altrove – ma non l'accortezza di sfilarsi la fede dal dito. Era gentile almeno in apparenza, ma d'un garbo quasi vile, forse per la magrezza indifesa della nuca su cui si poggiavano certi capelli pallidi, da neonato, che non avevano la forza di passare oltre crescendo. Dunque era quello, il secondo uomo di Lucia, la donna che avevo sempre evitato di chiamare perché mi sembrava un esproprio di verità definirla zia; quella che vedevo uscire in strada a tutte le ore, il camice bianco imbrattato con certe manate di sangue da cui scostavo gli occhi, come se bastasse questo per non averci a che fare; come se quelle carni, che lei aggiustava perché stessero nel piatto senza orrore, fosse meno cruento mangiarle senza toccarle, se non coi rebbi della forchetta.

Mia madre aveva pietà di lei. Ne aveva sempre per chiunque mettesse al mondo figli infelici. Finché in quella casa c'era stato solo Diego, aveva preferito dimenticarla mettendola in fondo alla lista dei parenti, ma poi quando si seppe che

Antonio era nato lento di testa tutto cambiò e al sabato prese a comprare da lei il piccolo involto di carni per il pranzo della domenica. Tantomeno smise dopo che accadde l'incidente. A casa ne parlavamo senza mettere peso nella voce, riducendolo a una notizia qualunque, che avesse in sé una tranquillità senza sforzo o che altrimenti ci sforzavamo di trovare per non ammettere d'avere una bestia in famiglia. Ci eravamo convinti che il fatto fosse accaduto per il caldo (mia madre dava sempre colpa al caldo che caricava il sangue e i pensieri cattivi), e per la poca accortezza di Lucia.

"A quell'età un bambino certe cose non dovrebbe vederle," si mormorava per casa alludendo al lavoro di macellazione a cui Antonio era stato ammesso fin da quando aveva pochi anni. Era evidente a tutti che il problema non fosse l'età, ma la zucca vuota di quel ragazzino sognante e taciturno che ricordavo di aver visto poche volte, ed era sempre intento a tormentarsi le croste alle ginocchia. In famiglia parlavamo di lui come di un qualcosa tanto innaturale quanto intoccabile, nella convinzione che il disprezzo per le piccolezze mentali potesse esporci a punizioni imprevedibili.

Io pensavo spesso alla bambina, quella che Antonio a dodici anni aveva portato al capannone dismesso, e maltrattato in una maniera che nessuno volle mai approfondire. A un certo punto si fece silenzio intorno. Ma prima si disse in giro che era sparito il coltello grande dal tavolo di macelleria; poi si parlò del cervello semplificato di Antonio, per il quale orrore e armonia non erano facilmente distinguibili; alla fine si raccontò – di allusione in allusione – lo stato penoso in cui qualcuno aveva trovato la bambina. Di lei non seppi più nulla, solo che scomparve insieme ai genitori durante una notte di furia. Si sentirono le porte sbattere mentre le luci restavano vive in ogni camera, a svuotare gli armadi e i cassetti; e subito dopo tutto prese a tacere per non fare mischia con la vergogna d'una denuncia.

"Voleva giocare, Antonio, solo giocare," disse Lucia, senza convincere nessuno, forse nemmeno l'uomo coi capelli da neonato che da quella volta trovò il coraggio di scomparire. Continuò a sostenerlo anche in seguito, finché un giorno ne ebbe abbastanza e cominciò a rispondere brusca, a sfridare il peso dai fagotti di chi ancora rivangava la faccenda, per chiarire che qualsiasi cosa avesse in testa quel figlio suo, non era roba di nessuno. Tuttavia si rassegnò a dare ad Antonio certi farmaci pesanti che lo fecero diventare un ragazzone sbattuto e inerte, così preso dallo sconforto chimico da non voler più saperne niente, neanche di giocare.

Usciva solo di domenica mattina prima della messa. Quando per strada non c'era ancora nessuno, lui andava a sciogliere le campane. Le suonava con tutte le forze rimaste, quelle che ancora riuscivano a farla franca, e Diego, che lo accompagnava per prudenza sperava, sperava che si stancasse presto e altrettanto presto finisse quello sperpetuo. Ogni volta mi giravo sul fianco meno caldo di sonno, e in qualsiasi stagione provavo a immaginare quei quasi fratelli, quei cugini per cui non sentivo alcuna fiammella di bene e a cui non era bastato spartirsi la madre per avere lo stesso destino. Come se nel loro universo avesse più peso la paternità.

Restavo ad ascoltare il rintocco delle campane con tutta la comprensione che potevo, ma ogni volta pensavo alla bambina. Com'era andata veramente quel pomeriggio? Cosa le aveva detto Antonio per farsi seguire? In che modo l'aveva presa? E infine, in che modo avrebbe preso me? Ho passato molte domeniche della mia adolescenza a fantasticare non sull'amore, ma sul suo inclinare verso l'abuso, verso lo stupro prodotto da uomini poco pazienti. Diventavo la bambina che Antonio aveva scelto, poi, con un imprevedibile movimento interiore, lo sostituivo con Diego. Allora tutto si mescolava. Orrore e piacere diventavano indistinti nella stessa misura in cui lo erano per Antonio. Eccola, la familiarità. Ecco la scoperta del sangue vicino, parentale. Ecco la bestia che mi dormiva dentro e che godeva, ma a patto di non averne responsabilità, perché l'unico modo che avessi per giustificarlo, il mio piacere, era esservi obbligata.

Durava poco, poi spingevo le mani verso il cuscino in cerca dello scapolare che mia madre nascondeva a ogni cambio di lenzuola per proteggerci da chissà quali trappole del sonno. In fondo anche quello obbligava: a stare dritti senza mai cedere, neanche a occhi chiusi, neanche quando la ragione s'arrendeva. Pure quello ti recideva, ti curvava sottomettendoti a un irresponsabile bianco. Lo stesso dell'ostia consacrata che avrei preso più tardi, e che dopo quelle fantasie aveva un sapore meno asettico e straniero, più vicino a ciò che in realtà era.

Ci trovavo dentro, insomma, il sapore dolce del sangue.

Che poi era anche rosso, come i capelli di Diego.

La seconda volta che entrai in casa sua fu per una consegna. Il corpo di Antonio si era così dilatato da aver bisogno di vestiti su misura. Mia madre anni prima aveva accettato quell'incarico periodico con la stessa soggezione che si ha per i castighi, ma cuciva di malagrazia, e con la fretta di liberarsi d'una scomodità. Poi, per un periodo stette male. La febbre le durò così tanto da dover mandare me a recapitare il vestito nuovo di Antonio, dopo che Diego aveva ripetutamente chiamato.

Capitai in un'ora che credevo successiva al pranzo, ma trovai Lucia ancora indaffarata ai fornelli. Volle che entrassi. Aveva appena abbassato la saracinesca, disse togliendomi il pacco dalle braccia e poggiandolo sulla spalliera d'una sedia. Mentre mi guidava verso la cucina mi guardai intorno: il corridoio era stretto e opprimente, qua e là qualche gancio da cui pendevano indumenti di vario uso e stagione. Tutte le porte erano chiuse eccetto una, quella che pensai fosse di Diego: una specie di cella con dentro un letto singolo, un armadio a due ante e un comodino, dove qualcuno aveva poggiato un cero a illuminare la stampa d'una Madonna.

C'era nell'aria un odore di cucinato pesante e di stracci umidi tenuti ad asciugare sul bordo del forno. Il disordine ovunque mi fece quasi mancare il respiro. Le sedie erano lontane dalla tavola, e messe dove capitava, sui mobili erano poggiati insieme i prodotti per pulire e quelli per cucinare, le bottiglie d'acqua già avviate e quelle ancora intatte, sul televisore notai un alberello di Natale anche se era quasi primavera. Rivalutavo adesso casa nostra, dove gli oggetti venivano conservati anche se inutili, ma nascosti in modo da non intralciare. Stipavano i cassetti, rendevano appena possibile la chiusura degli sportelli, eppure non stavano tra i piedi come accadeva qui, dove tutto era a vista nel caso dovesse servire all'improvviso e non vi fosse tempo per andarlo a cercare. Inoltre, la luce arrivava dovunque su quelle pareti mai dipinte e alla mercé dei ragni. Non capivo bene perché mi sembrasse più giorno che a casa mia, ma poi notai che alle finestre mancavano le tende e che le tapparelle erano tirate su fino a scomparire, come se il fuori, che tanto preoccupava noi, per loro non fosse un problema.

"Ti sei fatta grande," disse Lucia, scostandosi i capelli dalla fronte. Lo fece col dorso della mancina tenendo alte le dita. "Quanti anni hai?"

Glielo dissi, ma lei si era già voltata di spalle e non commentò. Era così presa dalle sue faccende che pensai non avesse sentito. Rimasi in silenzio al centro della stanza senza sapere cos'altro dire mentre la osservavo infarinare del pesce.

L'educazione mi portò a chiedere se potessi darle una mano e lei prontamente mi avvicinò il piatto coi gamberi puliti e quello con la farina bianca.

"Ripassami un po' questi," disse, e uscì dalla cucina stampandosi impronte infarinate sui fianchi e la schiena.

Poco dopo la sentii parlare al telefono con mia madre per dirle che avrei tardato di qualche ora.

"Mangia qualcosa con noi e te la rimando."

Di sicuro la colse di sorpresa, visto che non seppe inventarsi nulla perché tornassi indietro quanto prima. Sono convinta che mia madre dicesse sempre la verità solo per mancanza di fantasia e che anche quella volta non ne avesse avuta abbastanza per evitare di chiedere di Antonio.

Sentii Lucia specificare che no, lui aveva già mangiato a parte, da solo.

Non doveva preoccuparsi, concluse prima di riagganciare.

Diego comparve allora e mi salutò appena, più che sorpreso sembrava infastidito di trovarmi al posto di sua madre. Restò per poco a guardare le mie mani che rovistavano nella farina, poi s'allontanò senza dire nulla.

Di lui avevo una specie di soggezione, perché era un ragazzo a cui la vita aveva cominciato a girare presto. E anche se della macelleria e di tutto quel sangue a imbrattare il mestiere non aveva voluto saperne, s'era cercato uno spazio suo che gli consentiva di fumare allo scoperto, senza quei nascondimenti che rendevano ancor più bambini noialtri. Lui faceva sul serio. La mattina usciva presto e rincasava solo per mangiare. Aveva certe mani cupe per l'inchiostro della tipografia in cui lavorava, tenebrose e scostanti quanto lo era nel carattere, oltre che in quel corpo asciutto e sfuggente. Forse fu per quelle ossa in rilievo, per le efelidi che gli sporcavano la pelle (come la macchia di Antonio aveva fatto con la sua vita), o per la reticenza con cui formulava ogni pensiero, che arrivai a credere non dovesse piacere a nessuno, e quindi potesse essere destinato a me. Ripensandoci, credo sia stato per quel pensiero ricorrente – più che per educazione – che chiesi a Lucia di aiutarla. Volevo rischiare di vedere Diego, come si muoveva in casa, come stava a tavola. Sentivo per lui una specie di curiosità: somigliava alla tentazione poco ragionevole che la mano sente di fronte a un cavo scoperto. Guardavo i suoi polsi uscire dalla camicia e sembravano dirmi che non erano del tutto incapaci di abusare. Al momento opportuno forse l'avrebbero fatto ancora meglio di Antonio, e con più intelligenza. In seguito mi sono chiesta se la cura con cui impanai quel pesce non sarebbe stata ben diversa, direi meno devota, se non avessi lungamente immaginato un'ombra di cattive inclinazioni dietro quel primissimo avviso di candore e di sfortuna familiare.

"Siedi qui," disse Lucia, quando fu pronto.

L'avevo aiutata a condire la pasta, avevo tenuto d'occhio la padella del fritto e poi insieme avevamo steso la tovaglia. Anche se ero sazia perché da me s'era già mangiato, non feci storie. Stavo già per occupare il posto che Lucia mi aveva indicato quando mi chiese:

"Prima fammi una cortesia, dai una voce a Diego. Si camperebbe di tabacco, quello lì".

Andai verso la stanza che prima avevo trovato aperta. Adesso l'uscio era accostato e dall'interno veniva uno strano silenzio. Bussai piano e aspettai per il tempo che mi era stato insegnato, solo allora spinsi in avanti la porta.

Diego era sdraiato sul letto: i piedi rivolti al capezzale e la testa tenuta su da un cuscino, guardava la parete. Aveva socchiuso gli scuri per escludere la luce del fuori e solo il lume del cero votivo ora metteva un po' di giorno in quel crepuscolo artificiale. Accadde tutto velocemente: il mio ingresso inopportuno, il suo voltarsi verso me che lasciavo entrare un chiarore non richiesto e poi la scoperta dell'immagine sulla parete. Non era più quella che avevo visto poco prima: nello stesso punto del muro, nello stesso rettangolo di carta, la Madonna aveva ceduto il posto ad altro. In quel momento fu come se il cero s'infiammasse di più per aiutarmi a distinguere quel pube femminile in offerta, quel corpo abbandonato tra le lenzuola e così gloriosamente divaricato. Con quali occhi si poteva guardare quell'immagine? Con quelli di Diego, con i miei, o con gli altri che erano in me da quando osservavo il mondo? Desiderai chiuderli tutti, spegnerli mettendo in pratica il criterio usato da bambina, quando premevo l'indice sui tasti del televisore. Allora d'istinto li serrai quasi per troppa luce, e quando tornarono a guardare non erano più i miei.

Vidi la lussuria, tutta la devastante lussuria di quella posa e il desiderio dell'occhio fermo su di lei. Vidi l'impurità e la gioia di un piacere sconosciuto e insieme la naturalezza con cui quel corpo sollecitava il montare del sangue nell'altro. Vidi la richiesta di un diritto innegabile all'istinto, non all'educazione, e l'animale nella creatura: la bestia che improvvisamente demoliva il recinto, azzerava le differenze per portare Diego e Antonio a diventare finalmente fratelli. Infine sentii la donna ridere. Anche se non le vedevo la testa, che rimaneva fuori dal taglio del quadro, io la sentivo ridere e divertirsi all'idea di me.

Arrossii deglutendo a fatica, rumorosamente. Proprio allora Diego si alzò con fare scocciato e sbuffò mentre rivoltava il poster, facendo ricomparire la Madonna.

"Arrivo!" disse a voce alta, come se lo avesse chiamato sua madre, e io non fossi mai entrata in quella stanza, in quella casa.

Quando sedemmo a tavola, Diego mangiò di gusto ogni cosa, volle addirittura altra pasta e una seconda razione di dolce, solo il pesce non toccò.

Lucia sorrise a quel rifiuto che sembrava ripagarla del resto.

"O gliele faccio io, le cose," mi spiegò, "o non le mangia."

Non dissi nulla, fissai il camice di Lucia che pendeva da un chiodo alla parete, le macchie di sangue scurito spiccavano contro il bianco del cotone. Di lì a poco le avrei ritrovate su di me, perché dal fagotto di carni che mi fu messo in mano prima d'andar via, un gocciolio color rubino era stillato lungo i passi, imbrattando gonna e scarpe. A quella vista strinsi le gambe e ripensai a Imma, alla sua deflorazione quotidiana, e a quegli uomini che ai miei occhi venivano ogni volta per toglierle un pezzo che poi germinava e sanguinava da capo. Provai a capire non tanto cosa trovassero in lei, ma cosa stessero inseguendo, e poi come riuscissero a tornare indietro dopo quella brutale ricerca. Se potevano più esistere, insomma, case, stanze, quotidianità in cui continuare normalmente a vivere. E se rientrando, quella sera, con le vesti in martirio, potessi farlo io.

Quando anni dopo ritrovai il quadro di Courbet nel mio libro d'arte, mi tornò alla mente Diego. Lo immaginai nell'ora di chiusura stamparsi alla nascosta quella figura e andai avanti con le pagine. Ero cresciuta, eppure in fondo ai miei silenzi non avevo smesso di frequentare l'idea di voler essere inchiodata – come la donna del quadro – dal desiderio di qualcuno.

In seguito, forse per rassicurarmi, ho pensato che quel voltare pagina, quel cambiare canale fossero avvenuti per ritegno: non mi passò mai per la mente che l'inadeguatezza nell'offerta di me potesse contenere un latente senso di superiorità.

Non volevo più stare da sola. Forse perché non sapevo più starci, e del resto non lo ero mai da quando Andrea aveva trovato il modo di insinuarsi in ogni momento delle mie giornate. Lo vedevo ovunque ed erano infiniti i dettagli che mi riportavano a lui, oppure lo ritrovavo in frantumi nei corpi di altri uomini che mi passavano accanto.

Spesso veniva a cercarmi di notte e mi svegliavo in sudore, il fiato corto per essere scivolata verso il gradino più basso (o più alto, non so), quello di chi s'arrende e si lascia aprire, esplorare, amare. Il caldo delle lenzuola somigliava appena al tepore del suo corpo e io, nei pochi istanti che precedevano il risveglio completo, immaginavo che Andrea fosse stato lì e avesse finalmente provato per me quella gratitudine che in veglia restava lontana, mescolata al malessere del rifiuto.

Durava poco, il tempo di spostare le gambe in avanti e trovare il fresco del cotone incustodito, oppure il vuoto d'una sponda troppo prossima. Allora aprivo gli occhi, li puntavo verso gli spacchi delle persiane e ricordavo che Andrea era andato via senza che si fosse mai forzata tra di noi la distanza dell'incompiuto.

Mi aveva abbandonata a un corpo senza pace che ormai non

sapeva riposare e spesso dimenticava di nutrirsi perché non riusciva a perdonarsi l'inerzia, tantomeno il bisogno.

Certe notti sognavo altro, ed ero sola.

Sono continuamente sola in questo sogno e ho con me una valigia che mi pesa in una mano. È come se non riuscissi a tenerla, eppure non immagino alcun modo per durare nel percorso e stare dritta. Credo di sapere, sì, almeno in sogno credo di sapere dove sto andando, e sento una fretta che in genere non mi tocca mai da sveglia. È un'urgenza inquieta: la voglia di partire dipende dal bisogno di affrontare e superare un ostacolo perché, durante il sogno sempre uguale, c'è costantemente qualcosa di diverso che va storto. Spesso sono consapevole di non avere con me il biglietto né i soldi per procurarmelo, eppure mi muovo come se la cosa potesse comunque funzionare. Conosco il rischio, ma è molto più importante non pensarci e tentare di prenderlo quel treno, quel traghetto, quell'autobus che mi porterà in un luogo lontano. Altre volte mi scopro senza scarpe al momento di salire, in sottoveste, oppure nuda (come avrò fatto a non accorgermene uscendo?). Ma ci sono anche le notti in cui perdo il bagaglio e torno indietro. Allora cerco, frugo nella misura in cui si possono frugare le strade nei sogni, e va a finire che mi perdo. I percorsi che seguo sono sempre sconosciuti, sentieri di campagna o tratti autostradali con salite ripide su cui le gambe si fanno pesanti. Posti in cui comunque non circola nessuno a cui chiedere, e più vado avanti, più so che mi sto perdendo. Ma non è il male peggiore. Nel sogno non m'importa di me, ho più a cuore la valigia, le scarpe, e di certo mi pesa quella sottoveste con cui non arriverò da nessuna parte. Che io possa girare a vuoto in eterno, perché nei sogni il tempo non esiste, ecco, questo non mi sembra grave. Addormentata sono un'altra persona e so concedermi al rischio, all'errore, alla perdita senza troppo patirne. Non credo dipenda dall'inconscia certezza che prima o poi mi sveglierò nel mio letto – come disse mia sorella quando provai a raccontarle. I sogni sono incredibilmente seri, quasi arroganti:

se in un cassetto trovi il mignolo di tuo padre, sai con ogni certezza che la mutilazione è avvenuta e ne prendi atto senza pensare alla stranezza del ritrovamento. Le cose stanno così perché mentre dormi sei nel luogo degli effetti, non delle cause. Ogni volta ti ritrovi ad accettare qualcosa a cui non avresti mai creduto a occhi aperti, e probabilmente a fare ciò che hai desiderato di nascosto: perderti. Spesso ho pensato che dovrei vivere come sogno. Lì, per esempio, non ho mai paura di morire. Posso stancarmi, graffiarmi le braccia; posso scivolare lungo smottamenti, cadere da un monte di scalini, correre fino a sfinirmi e lasciare che mi guardino senza vestiti: so che finché dormo resterò viva.

Da sveglia è sempre stato più difficile. Avevo scoperto che si poteva finire in molti modi, anche piuttosto banali: scivolando da una sedia, sottovalutando le ossa del pollo domenicale, attraversando fuori o dentro le strisce, mentre eri al mare o al lavoro, per un petardo di fine anno e persino di tristezza. Quell'ombra mi ha pedinata con metodo, e stranamente è stata più assidua nel tempo in cui, per un semplice calcolo di probabilità, avrebbe dovuto distrarsi. Ho avuto paura per la mia vita più da adolescente che da adulta. La maturità per me non è stata una questione anagrafica, ma prendere atto di un disinteresse privato, intimo, e diventare finalmente irresponsabile. Perché a un certo punto dimenticai: le angosce dell'essere fragili, l'assillo cattivo delle prevenzioni e della rispettabilità. Con Andrea accadde che salute e morale si mescolassero in modo inconfessabile, se il mio star bene dipendeva dalla dismissione di ciò che per me era un onesto vivere. Anzi, lui era venuto a negare ogni epilogo, a suggerirmi che tutti avevano mentito e che io, lontana dai molteplici mali della terra, non avevo niente da spartire con la sua precarietà. Ero di nuovo la bambina che poteva lanciarsi dal balcone senza ferirsi, che dubitava di ogni fragilità: adesso più che in passato, mi sarei alzata da terra senza portarne segno, perché ero di nuovo eterna. E il cielo, finanche lui con le sue irragionevoli minacce, mi avrebbe dimenticata.

Andrea fu il sogno più tenace, quello più incurante della veglia, ma lo affrontai a occhi aperti. In questo sbagliai, poco importava che avessi creduto di farcela. Perché ogni volta, mentre mi preparavo per raggiungerlo – mentre eseguivo il rituale dell'accudimento usando creme e oli con cui provavo a domare i miei aculei e ad agevolare l'incastro dei corpi –, ogni volta io pensavo di farcela. E ancora di più ci credevo mentre lo aspettavo alla stazione o mentre stavo per arrivare da lui, quando sentivo addosso, nel punto più nascosto, quell'umore che Andrea mi aveva insegnato a riconoscere: era il desiderio, ma prigioniero in un corpo che non sapeva arrendersi. I miei rami erano pur sempre troppo brevi e mutili per sembrarmi adatti all'amore, e i miei frutti troppo piccoli per saziare. Con me gli sarebbe sempre rimasta addosso la fame. E forse fu lei a portarlo altrove, a inseguire quello che io non sapevo dare.

Adesso mi sembrava di aver attraversato un tempo sconosciuto, quasi mai nato. È vero che nonostante tutto, come un animale uscito dal recinto, avevo cominciato a vivere. Ma era altrettanto vero che appena fuori non avevo pensato a correre, anzi, più volte avevo disobbedito: come la moglie di Lot mi ero voltata indietro a guardare la città in rovina, ed ero stata punita diventando di sale.

"Roba da non credere: dopo tanti mesi sei rimasta immobile," mi aveva rimproverato Andrea, "esattamente dov'eri, dove ti ho trovata."

Aveva scelto un tono senza acrimonia, parlando quasi con stanchezza mentre eravamo distesi sul letto, i nostri corpi già lontani da ogni possibilità.

"Mi muovo piano, ma qualcosa in me sta cambiando. Cambierà."

Si era sollevato di scatto, senza guardarmi.

"Figurati se riuscivi ad accogliere una mia sensazione," e si era chiuso alle spalle la porta del bagno.

A me sembrava d'aver ripetuto il movimento di un gioco che facevamo da piccoli. Si trattava di sistemare una biglia in un punto qualsiasi del pavimento, segnarlo con un pastello, o del gesso se si era in cortile, e poi spingerla a cozzare contro il muro perché tornasse indietro. Vinceva chi si approssimava di più alla posizione di partenza. Io perdevo sempre, ma non ci badavo tanto: avevo imparato che quel gioco serviva se non altro a misurare l'imperfezione, e che ogni tiro – anche il più fortunato – sarebbe stato un fallimento. Non solo il tempo dopo, ma anche le sconfitte di allora mi avevano spiegato che è altamente improbabile ritornare dove si è stati, e che dire di esserci riusciti rientrava nell'abilità del mentire a sé stessi. Niente che si muova torna dov'era al principio, perché proprio nel movimento qualcosa si perde. Spingendomi verso Andrea avevo smesso di essere ciò che ero, anche se trafficavo ancora con i miei fantasmi, anche se mi ero voltata indietro a guardarli. Ma questo lui non riusciva ad ammetterlo: all'inizio aveva sottovalutato i miei limiti, le mie difficoltà; mi commuoveva e spaventava la sua fiducia, quando diceva che sarei stata brava e un giorno avremmo riso di quelle paure.

Ora non so se sia stato superficiale lui o testarda io, l'unica verità è che nessuno può amare a lungo una donna bonsai.

Dopo mesi di malessere per quell'assenza, venne un settembre difficile. Avevo portato avanti a fatica i miei impegni fino ad allora, ma rendendomi conto che per me era troppo complicato rispettare ogni scadenza. La mia trascorsa puntualità mi protesse dai sospetti dell'incuria: solo io distinguevo quanto mi fosse costata ogni piccolezza portata a termine, tutto ciò che avevo cominciato e finito per inerzia. In classe ero distratta e, maltrattata da notti inconcludenti, adoperavo ora un'indulgenza che non era mai stata mia, ora un piglio così esigente da non avere alcuna utilità. Sapevo bene quel che funzionava con i ragazzi, ma non avevo la pazienza di ricordarmene quando me li ritrovavo davanti di prima mattina. Fu così che chiesi e ottenni un incarico al serale. Mi sembrò la soluzione migliore: appena sveglia avrei potuto prendere a poco a poco dimestichezza con le cose da fare, e in seguito avrei dovuto disporre giusto qualche sintesi ragionata da passare ai miei allievi, organizzare esercitazioni pressoché elementari e sporadici test di verifica. La mia aula si sarebbe popolata per lo più di uomini fatti, spesso stanchi per aver lavorato tutto il giorno. Gente sbrigativa e concreta, a cui premeva solo non superare la soglia di assenze previste e garantirsi un sapere minimo che consentisse l'esame.

Io avevo bisogno di questo: di semplificazione, di silenzi adulti, di far stare il tanto nel poco e tagliare via il superfluo, più di ogni altra cosa avevo bisogno di classi meno affollate e a cui non avrei dovuto spiegare niente della vita.

Mi consegnarono gli elenchi un mattino di metà settembre, lessi distrattamente i nomi e scorrendo la sezione anagrafica notai che, oltre a qualche ragazzo che tornava indietro pentito a distanza di poche stagioni, nei banchi avrei trovato uomini anche molto più grandi di me. Ero nel corridoio e il cuore a un certo punto accelerò nel trovare un nome: Nicoletta Furno. Poteva essere una coincidenza, un'omonimia, ma che fosse nata il mio stesso anno aggravava il sospetto che quella donna – l'unica tra gli allievi del corso di meccanica – fosse proprio lei, Nicla.

Restai col dubbio per settimane, finché un pomeriggio d'ottobre la vidi entrare in aula. Mi guardò senza stupore, il suo saluto aveva una freddezza addirittura studiata. Ipotizzai che durante gli ultimi giorni avesse più volte tentato l'espressione giusta, a metà strada tra la noia del ritrovarsi e la curiosità di passare in rassegna le sciagure dei corpi. Mi domandai se l'avrei riconosciuta senza l'avviso del nome e dovetti ammettere di no, forse perché adesso era diventata un qualcosa che non chiedeva d'essere guardato due volte, anche se poi accadeva, quasi suo malgrado. Gli anni l'avevano cambiata e solo mettendoci un certo impegno avrei ritrovato in lei quello che più segretamente le apparteneva. Adesso era una donna di mezza età, un po' piena sui fianchi, i capelli ancora corti ma d'un castano innaturale quanto il mio, lo sguardo curioso sugli altri eppure sfuggente, i gesti bruschi e nervosi di chi non ha tempo da perdere.

A fine lezione fui io ad avvicinarmi, ma lei mi precedette.

"In segreteria me l'avevano detto che c'eri tu a insegnare," sorrise maliziosa. "Io so tutto di te."

Arrossii: "Ma dai, e che c'è da sapere?".

"Che hai fatto carriera."

"Non esagerare."

In quel momento guardò l'orologio e si rese conto di dover andare. Aveva raccolto i fogli, rimesso il tappo alla penna, e mentre si avviava verso la porta mi chiese:

"Mo' come ti devo chiamare qua dentro?".

E visto che ci misi un po' a rispondere, decise lei in fretta: "Va be', dai: è meglio che non ti chiamo".

Da quando c'era Nicla andavo a scuola col sospetto di tradirmi. Continuavo a dormire poco, a mangiare un cibo che pareva non riuscisse a nutrirmi. Il pensiero di Andrea mi consumava e appena fuori da ogni distrazione lo trovavo lì ad aspettarmi. Bastava davvero pochissimo e ogni silenzio, ogni tregua era una feritoia utile a essere trovata, portata via. Cosa mi mancasse di lui era semplice da dire: era quell'attenzione che scongiurava la mia invisibilità; era quel sentirmi amata e desiderata di cui facevo esperienza per la prima volta; era quell'essere strappata al niente per diventare pensiero; soprattutto era quel trovarmi d'improvviso normale, ad avermi stregato. Questo sentivo d'aver perso per aver difeso una vita in cui non credevo più e che avrei portato avanti come un'abitudine.

In classe avevo la sensazione di essere protetta, e forse

erano proprio gli occhi di Nicla a tenermi ferma sul momento senza sgarrare. Se l'ombra di Andrea avesse attraversato i miei occhi in sua presenza, ero certa che lei l'avrebbe capito, rettificando le sue opinioni. La mia vita non era quello che aveva immaginato, e non volevo scoprisse quanto fosse delimitata dalle mancanze: tutto ciò che non avevo attraversato, tutto ciò che avrei potuto essere, tutto quello che mi era sembrato di non poter scegliere.

Spesso andavo a scuola un po' prima. Nicla era sempre lì, fumava seduta sul muretto che delimitava le aiuole dell'atrio, poi interrava i mozziconi tra le piante grasse nonostante il divieto esplicito di un cartello. Restavo un po' con lei in attesa che arrivassero gli altri e a quella distanza imparavo a sentirla di nuovo. Mi arrivavano i suoi odori: un miscuglio di mastice e pellame scadente che raccontava cosa ne aveva fatto, di quella vita. Adesso lavorava in casa, incollava e cuciva pezzi di tomaie, mi raccontò un pomeriggio.

"Non è un lavoro che rende, e va pure finendo," aggiunse, "ma ormai Salvatore ha trovato la sua via e dà una mano pure a me."

"Quanti anni ha adesso?" Provai a fare un calcolo veloce.

"Ha trent'anni, è un uomo. Fa il muratore per una ditta seria."

"Vive con te?"

"Ancora per poco," disse, e sembrò rabbuiarsi.

"È giusto che prenda la sua strada." Mi fece quasi pena la semplicità con cui distinguevo il giusto, se stava nelle vite degli altri.

Nicla non rispose e s'avviò in classe con una strana fretta, quando se ne accorse si girò e provò a rimediare in qualche modo: "Forse è meglio pure per te se non ci vedono parlare".

Salvatore era un ragazzo alto coi capelli scuri e la pelle cotta dal sole. La prima volta che lo vidi provai subito simpatia per i suoi occhi chiari e allegri, per il sorriso che di certo non gli veniva dalla madre, e perché la scuola gli sembrava quasi un tempio in cui gli dispiaceva entrare con le sue scarpe spruzzate di calce. Quando Nicla s'intratteneva a chiacchierare oltre l'orario, veniva dentro a chiamarla e la rimproverava picchiando l'indice sull'orologio da polso, come avrebbe fatto con una fidanzata in ritardo.

"Arrivo, arrivo," diceva lei un po' piccata.

Ma si vedeva che adorava quel figlio, e anche se immaginavo le avesse dato tanta vergogna, ormai era faccenda dimenticata. Lo prendeva sotto braccio e se ne andava svelta senza ricordarsi di salutare.

A fine giornata, spesso ero uscita con loro, li avevo visti salire sulla moto di Salvatore e lei aggrapparglisi alla vita come fai solo quando ami veramente. Mi era sembrato tutto così semplice, così naturale il corso che avevano seguito, e così bello quel corpo giovane da tenere stretto nel traffico della sera.

"Mi piace, Salvatore," le avevo detto il giorno dopo.

"Pure a me," aveva scherzato lei. E dopo tanti anni avevamo sorriso.

"Sembra un ragazzo sereno."

Nicla annuì: "La serenità ha un prezzo," disse. "Devi sempre scendere a un compromesso."

Aspettai in silenzio che fosse lei a continuare.

"Dopo tante tribolazioni, ha trovato la persona con cui stare."

"Ha cambiato molte ragazze?"

"Tante, davvero tante, e io non capivo cosa non andasse. Era sempre in collera, sempre insoddisfatto, e non capivo."

"Doveva arrivare la ragazza giusta," mi sforzai di dire senza applicarmi troppo.

"Sì, il ragazzo giusto."

Ci guardammo negli occhi senza parlare. E io capii che non si sa mai niente delle vite degli altri finché non sono loro a spalancarti le porte sulle stanze più riparate.

Cambiai discorso: "Tu perché sei qui?".

"Oh bella, per imparare quello che mi sono persa. Oddio, mica tutto, ma non voglio morire tonta come sono nata."

"Non sei tonta."

"Eh, manco le medie avevo finito all'epoca."

"Io non ho mai pensato che fossi stupida."

"Eppure lo ero: una ragazzina che non ci ha mai tenuto alla sua vita e l'ha data via per due lire."

Aggrottai la fronte.

"Non parlo di Salvatore," chiarì.

Tornai indietro con la mente e rividi il ragazzo che veniva a prenderla fuori scuola. Ritrovai il suo occhio avido di lei, le sue promesse forse troppo facili.

"Che ne è stato di lui?" le chiesi.

Nicla soffiò in alto il fumo della sigaretta.

"Avrei dovuto capirlo allora che non era grano per il mio mulino," disse, "quando come prima possibilità mi mise sotto gli occhi quella di abortire. Mi assicurò che mi avrebbe portata da una brava, pulita e sicura."

Mi guardò e poi scosse la testa.

"A tredici anni, me la sono dovuta cavare io a capire che volevo, e se lo volevo indipendentemente da lui."

"Sapevo che ti eri sposata."

"Sì, alla fine sì, davanti alla mia decisione mi era venuto dietro come un agnellino, ma ogni volta che lo guardavo ricordavo quelle parole. Ogni volta che prendeva in braccio Salvatore pensavo a cosa avrebbe voluto farne."

"Era un ragazzo," provai a dire.

"Aveva diciassette anni," precisò.

Non riuscii ad aggiungere nulla.

"Prima lo voleva uccidere, poi lo ha rifiutato," continuò, "appena ha *capito*."

Si soffermò su quella parola e le venne in viso un'espressione di disprezzo: "Se ti dico due lire, mi devi credere sulla parola".

"Vi ha abbandonato?"

"Sì, quando ha visto dove guardava Salvatore, mentre camminava per strada." Si fermò per centrare il ricordo: "Disse che gli avevamo messo da sempre la vergogna in faccia. Ecco, disse proprio così".

In quel momento suonò la campanella e ci avviammo in classe.

"Tu hai fatto bene a studiare, a studiare e basta," aggiunse.

Era vero. Lungo molti anni della mia vita non avevo fatto altro che studiare. Per Nicla – dalla sua prospettiva ferita – quello era stato il tempo della virtù, delle cose sensate; eppure io me ne rammaricavo, considerando quello che avevo mancato e perduto per sempre. Ricordavo le parole di mia nonna quando mi vedeva stare sveglia fino a tardi rovinandomi la schiena e le comitive, "Un giorno che ci andrai a contare al Padreterno, tu?". Adesso mi sembrava di avere argomenti a sufficienza e addirittura di poterlo intrattenere per l'eternità col racconto della mia dannazione. Perché quello che venne fu un tempo completamente esploso, in frantumi, privo di ogni grazia. Nicla fu il gancio a cui mi aggrappavo, ma era come tenersi a galla afferrando un ramo che prima o poi avrebbe ceduto.

Spesso sono stata sul punto di chiederle compagnia, ma poi mi fermavo per paura di tradirmi e mostrarle che non ero migliore di lei. Anche il mio cuore a un certo punto si era arreso, e innocenza non era astenersi per educazione da ciò che in realtà si desiderava. Il candore non è educato: per anni avevo pensato che consistesse nell'avere un cuore talmente bianco da non oscurarsi al primo richiamo della terra. Invece io avevo ascoltato e adesso non trovavo più posto nei miei luoghi.

Il mio demone divenne tutto quello che non avevo compreso in tempo. Tutto ciò che non avevo capito di Andrea e del suo bisogno di fiducia. Per mesi vissi completamente rannicchiata nella testa, e in quel silenzio lo immaginavo. Lo vedevo preso da lavori che non erano mai abbastanza, ma anche impegnato a costruire quello che ancora desiderava. Ritrovavo il suo passo svelto, le spalle lievemente protese in avanti, le mani in tasca e la fronte concentrata in un pensiero che a me sfuggiva sempre, perché era come se venissimo da due mondi lontani.

Ipotizzavo che avesse incontrato una donna da amare liberamente, e poi un'altra e un'altra ancora, tuttavia questo non lo sporcava ai miei occhi. Perché adesso non c'era nulla che potesse accadergli: non poteva invecchiare, sbagliare, perdersi, farsi male, tantomeno scomparire. Adesso Andrea era protetto da una luce immutabile. Non era più un corpo, ma qualcosa che per me era stato sempre più invadente della carne: era un'idea, e quest'idea non mi lasciava perché l'avevo avvicinata, accarezzata, senza viverla fino in fondo. E non c'è niente che duri più a lungo di quel che abbiamo mancato.

Di certo continuava le sue lotte nei mille uffici della vita senza mai avvilirsi e al contempo cercando, cercando ancora una donna che sapesse seguirlo e credere in lui al punto da dimenticarsi di sé.

Per me tutto sarebbe stato diverso, su di me sarebbero comparsi i segni del tempo, le macchie: ero esposta alle violazioni dei malanni e di tutto quello che, finché Andrea era stato lì, avevo completamente dimenticato.

Persino Dio.

Da quando ero bambina ne sentivo parlare tanto, eppure – nel bene come nel male – non lo avevo mai visto alzare la testa. Forse per questo a un certo punto avevo cominciato a credere con moderazione, per abitudine: quasi per avere un posto fresco dove andare le domeniche d'estate.

Io e il Cristo lo sapevamo per certo che non era più necessario a nessuno quel tempo speso lì, e che sarei morta forse incolpevole agli occhi degli altri ma non ai miei. Immaginavo che prima o poi, dall'alto della croce, avrebbe provato a chiedermi perché mai avessi amato in quel modo, utile a procurarmi solo una lunga ferita. E io avrei scosso la testa come innanzi a un'ingenuità. *Vedi?*, avrei risposto, *non ci crederai, ma ho incontrato quell'uomo in un pomeriggio in cui avevo freddo e bisogno. Lui mi ha offerto un rimedio e ha fatto per me più di Dio, perché mi ha perdonata. Avrei voluto diventare cibo per la sua fame, ma non ne sono stata capace. Perché il mio corpo – diversamente dal tuo – non è pane per nessuno.*

Dal chiuso di questa solitudine io lo cercavo, Andrea. Ora con la strana certezza di ritrovarlo, ora con l'affanno di chi capisce cosa sta accadendo e non può far nulla per accomodare le cose. Scoprivo la fame anch'io, ormai non ero altro che brama e doverosi accorgimenti per placarla. Nei rari momenti in cui emergevo dal mio fondale, mi guardavo intorno e provavo stupore: che esistessero ancora i film, i libri, le corse al parco, i bar aperti, e quei negozi dove entrare e preferire qualcosa rispetto ad altro – come se ci fosse ancora modo di scegliere. Mi sembrava impossibile, eppure fuori dal mio dolore il mondo restava immutato.

Certi giorni andavo a Napoli senza averne motivo. Guidavo piano, arrivavo in un punto, parcheggiavo e poi camminavo fino a stancare le gambe. Spiavo i tavolini dei bar e le case di ringhiera, mi fermavo agli angoli di strada dove s'annidavano i gatti randagi che lui amava e accudiva. Mi spingevo anche in periferia, perché una volta mi aveva detto di aver vissuto per strada in un momento di grande solitudine e povertà emotiva. Andrea non c'era mai.

Di quel tempo indistinto ricordo un mattino, quando mi spinsi in una strada secondaria tracciata da due file di villette a schiera. Mi fermai poco lontano dal cancello dell'ultima appena sentii l'abbaiare d'un cane. Era un verso rabbioso e disperato insieme, un guaito che straziava e che mi spinse ad accostarmi. I cani legati – nonostante ogni varco fosse chiuso – erano due, ma solo uno si dimenava, strattonava il collare di cuoio e provava a vincere le catene ricadendo sempre non oltre lo spazio consentito. Poco lontano da lui, l'altro cane si muoveva tranquillo nel raggio previsto, annusava la parte bassa del muro e sembrava non avvertire minimamente quella limitazione.

"Cerca qualcuno?" La voce mi raggiunse senza preavviso.

In un tratto di giardino lievemente in ombra, un uomo dava acqua alle piante. Dopo averlo svuotato, agganciò l'annaffiatoio a un fil di ferro che pendeva da un ramo e s'avvicinò. Tirai via le mani dalle sbarre del cancello e indietreggiai di un passo, neanche mi avesse sorpresa a rubare.

"All'inizio è sempre così," disse seguendo la direzione del mio sguardo. "Ma imparerà, gli serve tempo."

E dato che insistevo nel silenzio, aggiunse: "Vede l'altro come è tranquillo? Perché ha capito che è inutile, non l'avrà mai vinta. Chi crede sia più felice?".

"La felicità..." esitai, "quando sono in gioco le catene... crede che se ne possa parlare?"

"Certamente, perché se lei guarda bene c'è solo un animale tenuto a catena."

Fissai il cane silenzioso che adesso s'era accucciato nella zona d'ombra e sembrava avere tutta l'intenzione di mettersi a dormire.

"Non è la catena che rende prigionieri," aggiunse, "ma il modo in cui la si indossa."

In quel momento il telefono di casa squillò e l'uomo rientrò scusandosi, non so bene se per le sue chiacchiere o per il modo brusco d'abbandonare una sconosciuta oltre il cancello.

Mentre tornavo indietro il lamento del cane mi seguì a lungo e mi dissi che peggio di un dolore semplice c'è solo quello che dura in silenzio.

Dopo Andrea avevo cominciato anch'io a dimenarmi e a sentire le catene, probabilmente mi impedivano il passo da sempre, ma senza aver visto il fuori non potevo capire di desiderarlo. Con la mano mi sfiorai la nuca e mi chiesi se in fondo, prima d'ora, avessi mai voluto seriamente arrivare oltre l'ombra dell'albero e il limite del muro. Sentii la fatica e il sonno mangiarmi la testa, la ragione, ma sapevo di non poter riposare né dormire. Anche se mi fossi seduta o sdraiata avrei continuato a lavorare operosamente al mio dolore e a consumarmi nell'insonnia.

Ricordai un documentario che guardavamo a scuola a ogni assenza di un insegnante: il predatore appostato che a un certo punto scattava, inseguiva la preda fino al momento della cattura. Mentre lo strazio si consumava, la voce guida diceva qualcosa riguardo al sonno del carnivoro e dell'erbivoro. Al riposo sereno e senza interruzioni del primo, si opponeva quello incerto, discontinuo del secondo. Riconobbi da subito il motivo nella soddisfazione del predatore e nel perpetuo stato d'allerta della preda.

In un attimo seppi da che parte stare.

Perché in quel tempo desideravo solo questo: essere mangiata, dilaniata, ridurmi a un impasto di polvere e sangue pur di sentire il mio corpo finalmente vivo.

Questi pensieri mi tennero in giro oltre il previsto, facendomi perdere il conto delle ore. Addirittura mi bagnai sotto un temporale improvviso e arrivai a scuola disfatta, in ritardo e senza le fotocopie giuste.

Nicla mi guardò con l'aria del rimprovero: "Ma che hai fatto?".

E siccome gli occhi mi si riempirono di lacrime: "Senti," disse, "stasera Salvatore non può venire a prendermi, mi riporti a casa tu?".

Nicla abitava in periferia. Dove non mi ero mai spinta a cercarla. Da lì venivano i miei alunni, il loro linguaggio fuori controllo e l'abitudine ad accompagnarlo col gesto, come se le parole non fossero abbastanza. Era un intrico di palazzi tutti uguali, tutti grigi nella sera e forse anche a sole alto. Un posto che ti darà sempre voglia di fuggire o ti lascerà dentro la malinconia di chi ha fallito. Di chi si è dato pace alla prima cosa avuta. Ecco dove si era nascosta Nicla senza che io me ne rendessi conto e di cosa si era accontentata, alla fine.

Accostai per farla scendere ma lei, mentre apriva la portiera, mi chiese di salire.

"Così parliamo un po'," decise, dando per scontato che le sarei andata dietro.

Non risposi, ma spensi il motore e mi lasciai guidare dal suo passo ostinato. Camminava svelta, ancora più convinta di come faceva a scuola. Notavo solo adesso che era nel suo e questo la liberava, mettendole quasi allegria.

"Sto al terzo piano," disse prendendo le scale, "ma l'ascensore non funziona."

In macchina avevamo parlato poco, si era limitata alle indicazioni e a qualche commento sui negozi che aprivano velocemente e altrettanto velocemente chiudevano. Forse si era pentita d'aver domandato a me, perché un passaggio fino a casa lo avrebbe trovato senza difficoltà. Poteva chiedere a Gennaro o a Raffaele, che durante le ore di scuola si giravano sempre a guardarla e quando diceva qualcosa, giusta o sbagliata che fosse, valeva come legge.

Lei non aveva bisogno di me, piuttosto valeva il contrario. Ci pensai entrando, mentre la seguivo attraverso un corridoio angusto e buio, le pareti rivestite d'una carta che in certi punti non teneva. La cucina, in fondo a tutto, era uno spazio piccolo: un tavolo giusto al centro, in un angolo un banchetto su cui distinsi una lesina e alcuni tipi di tomaie, e intorno del mobilio assortito male, non omogeneo, forse frutto di passati smembramenti. Mi arrivava però un odore di pulito e detersivo, quell'accudimento che in genere si riesce ad avere solo quando si è trovata casa. Non era abbastanza per dire che Nicla fosse felice, ma di certo tornava volentieri in quelle stanze dopo esserne uscita.

Sedemmo l'una di fronte all'altra,. per un po' scambiammo parole senza importanza, finché lei mi guardò negli occhi: "E allora?".

Ascoltò senza fermarmi, senza domandare niente. Anche se non aveva studiato, anche se ogni pomeriggio sedeva dietro il banco, seppe cosa fare. Tenni gli occhi bassi perché temevo che incontrando i suoi non avrei retto al giudizio. Raccontavo, e quel bisogno mi teneva salda nello spazio incerto dell'attesa. Per la prima volta mostravo la mia fragilità, riponevo le chiavi e la lasciavo entrare nel mio inferno privato di indecisioni, paure, azzardi, voglia di vivere. Dopo avermi lungamente immaginata, adesso – mentre smettevo di proteggermi e di cercare riparo – lei poteva vedermi intera: ogni ombra, ogni vuoto, e le crepe mai accudite. Un chiodo da cui non penderà nessun quadro.

La voce di Nicla mi scosse: "Sono contenta che ti è successo," e nello sguardo tornò a balenarle la luce insolente della ragazzina capace di giocarci, con la vita.

Scossi la testa: "Forse era meglio lasciarmi dov'ero".

Sorrise senza dolcezza: "Perché hai sempre preferito stare comoda, tu. E in fondo è davvero parecchio facile come ti regoli. Un lavoro proprio pulito".

Provai a rispondere, ma lei mi frenò: "Non puoi passare la vita a incolpare gli altri. Se una cosa la vuoi, esci a prendertela. Altrimenti resta dove sei, ma stacci senza frignare".

"Non incolpo nessuno..."

"No? Senti, ma quanti anni hai? Chi ti impedisce adesso di lasciarti alle spalle tutto quello che ti pesa?"

"Ci sono problemi reali."

"Ma quali problemi. Credi di averli solo tu, i problemi?"

"No di certo, ma ognuno li sente alla sua maniera. Ognuno vive le responsabilità in modo diverso."

"Ma sentila: le responsabilità! Proprio tu che non ti prendi la responsabilità di niente. Tu che non allunghi nemmeno le braccia mentre cadi. Tu che non sei buona manco a infilare un ago per proteggere un altro dalla paura di ferirsi. Ma di che parli? Pensi solo a te, vedi solo te e lasci gli altri a cavarsela da soli."

La spinta.

Me ne ricordavo a distanza di anni, eppure ogni dettaglio tornava in vita. Stavo correndo e non immaginavo che quel colpo alla schiena e poi l'assenza di un appoggio potessero capitare a me. Era stato come se la terra venisse a darmi addosso, a battermi con tutto il cattivo che aveva dentro. Gli occhi s'erano chiusi d'istinto, ma il sole vi era entrato comunque, rimanendo sotto le palpebre in tante piccole scintille che si erano spente quando avevo battuto. La fitta non mi aveva trovata subito, prima c'era stato lo stupore che stesse accadendo veramente. Allora, dopo aver picchiato, mi ero messa supina, la schiena nella polvere, e in quel momento avevo visto mia nonna e Nicla guardarsi. Nei loro occhi la luce soddisfatta, il trionfo di quando accade qualcosa come dev'essere ma che io, in quell'impasto di ciottoli e terra, non avevo voluto vedere. Fissavo gli alberi, così alti e lontani, mentre le loro foglie sparivano di colpo, divorate dalla luce. C'erano solo i rami dell'inverno e con quei rami arrivava il freddo, prima della paura: ero viva ed era successo a me.

"Non mi sbagliavo," dissi. "Sei stata tu."

"Sì, perché mi facevi rabbia. Ma chi si crede di essere questa qui? Me lo ripetevo ogni giorno. Tu e la tua stramaledetta pulizia, la tua buona educazione. Tu e le tue magliettine pulite e stirate. Volevo sporcarti di terra, sbatterti nella polvere perché capissi che la vita era anche quella cosa lì. Una roba che a un certo punto ti sporca, ma è così che deve andare. O non sei vivo. Solo che non si può passare la vita ad accusare gli altri, se resti impalata mentre cadi. Devi metterci il tuo, e a un certo punto ricordarti che hai le mani. Quando ti vidi sfregiata mi arrabbiai ancora di più, pensai che eri pericolosa. Mi venne perfino la paura di toccarti, come quelle bambole di porcellana che possono andare in mille pezzi, e nessuno ci gioca mai."

"Tu non sai niente di me. Non puoi giudicare."

"Se ti sforzassi, capiresti che non ti sto giudicando nemmeno adesso."

"No?"

"No." Il suo tono divenne improvvisamente calmo: "Ci siamo passati tutti, che credi? Pensi che sia stato facile?".

Nicla scosse la testa in silenzio: "Andavo con Giovanni senza nemmeno sapere che stavo facendo, gli volevo bene e basta. Era una faccenda che nessuno mi aveva spiegato ma che mi piaceva, finché una volta mi sono trovata tutta bagnata". Si fermò a cercare le parole giuste. "Forse non ho capito l'amore, me lo sono preso a modo mio e molte cose le avrò perse. Ma avevo una specie di febbre dentro e ho chiuso gli occhi."

Non risposi, lei continuò.

"Sai cosa non ho mai capito?" Si era passata le dita tra i capelli come faceva da ragazza, quando aveva difficoltà durante un'interrogazione. "Perché anche il bambinello a Natale non potesse nascere dall'amore, perché Dio non potesse avere a che fare col sesso. Insomma, perché non potessimo fidarci a pregare un Dio d'amore."

Avrei voluto accostarmi a lei, ma non potevo. Sapevo che il malessere per ciò che è irrimediabile non accetta consolazione, allora aspettai in silenzio e diedi ai suoi occhi il tempo di tornare fermi.

"Mi dispiace," le dissi piano.

"Di cosa?"

"D'averti tradito, quella volta che venne da noi tua madre."

"Ah." Incrociò le braccia, quasi per dare ai ricordi il largo di risalire. "Non lo avrei mai detto, sai? Pensavo che non avresti aperto bocca, invece mi spiazzasti. Non era vero che non ci riuscivi: sapevi maltrattare anche tu. Allora perché non infilarmi quell'ago nella carne?"

"Io... io non lo so. Mi sembrava che avessi sofferto abbastanza."

"E così mi hai lasciato sola. Come probabilmente hai fatto con Andrea. Farai lo stesso con chiunque cerchi di entrare nel tuo mondo che deve restare uguale. Ti sei mai chiesta perché adesso soffri come un cane? Te lo dico io. Perché sai che non è stato lui ad abbandonarti: sei stata tu per prima. Lo hai fatto con le tue indecisioni. Non hai voluto scegliere, rischiare, sporcarti. Ma l'amore non può essere igienico. Se corressimo di nuovo per le strade, giuro che ti spingerei da capo."

Mi alzai, non riuscivo più ad ascoltarla e feci qualche passo in direzione del corridoio.

"Ti spingerei verso la vita, lo capisci o no che devi vivere?"

Mi aveva raggiunta e adesso mi teneva ferma, poi mi attirò a sé, sentivo il suo calore alla schiena.

"Tu devi vivere," ripeté stringendo forte. "E devi benedirlo, Andrea. Tutte le volte che ti viene in mente lo devi fare, dirgli, Io ti ringrazio per avermi rimessa al mondo. Per avermi fatto capire che sono ancora viva. E poi ogni volta devi perdonarti."

Mi scostò i capelli dalla fronte: "Io lo so che ti hanno fatto male, ma tu quanto ancora vuoi fartene? Ci siamo spezzati tutti, che credi?".

Quella sera, uscendo dalla casa di Nicla feci un giro largo. E mentre guardavo i segnali disseminati agli incroci, pensai che la mia vita era stata questo: seguire indicazioni. Obbedire mi aveva rassicurato tenendomi al riparo da ogni scelta, eppure restava dentro un bisogno di vie secondarie. Mi accorgevo solo adesso di aver compiuto uno sforzo enorme, inarrestabile, ma invisibile. Difatti nessuno aveva saputo stimare il peso con cui mi ero mossa lungo gli anni. Era la fatica del non avere un tempo privato, una famiglia diversa da quella d'origine, figli che ti reclamassero, un uomo cui dare conto e a cui chiederne. Era, insomma, l'esperienza più cruda che si potesse fare a questo mondo: quella di restare vergini rispetto a ogni mutamento.

L'impegno che quel candore comportava era estenuante. Tutta quella devozione al bianco adesso mi sembrava poco più di una mano di vernice su un corpo comunque battezzato dal nero. Il mio andare per il mondo era stato incerto, la mia luce virginea – quasi schermata e impedita contro il richiamo della natura – aveva sofferto mille afflizioni nel farsi strada. E mille volte si era sporcata. Ciò che avevo visto e giudicato nel tempo – la libido consumata in una stazione, l'offrirsi laido dei corpi, l'insopportabile peso della gioia o il fastidio per ogni leggerezza – era strettamente connesso alla mia interiorità. A quella stanza angusta in cui mi ero lasciata portare, legare, amputare perché mi avevano insegnato quanto fosse conveniente starsene fermi in un corpo sordo.

Per anni avevo inseguito il bianco, senza trovarlo da nessuna parte. Avevo corso e implorato, alla fine ero uscita da quella stanza e finalmente fuori avevo visto in me l'erbivoro e il carnivoro – l'innocenza e la bestia – riposare insieme. Sì, chiedevo di essere mangiata, ma volevo anche divorare: come mia nonna quando sedeva a tavola con noi, come Nicla quando amava a occhi chiusi, come Imma in attesa nell'erba calda della controra, come Diego quando girava il poster sul giusto lato del sacro o come mia madre, durante la notte in cui la spiai.

Ci tornavo con la mente a distanza di anni e ritrovavo il buio di quella notte, il freddo delle piastrelle contro i talloni nudi mentre camminavo verso il chiarore della cucina. Una luce notturna era un brutto segnale: avvertiva che la casa non era quieta, non dormiva, e non lo faceva perché di sicuro un malessere era venuto a disturbarla.

Respiravo pesante, neanche avessi corso. Il sospetto di una disgrazia sfuggita alla mia vigilanza da bambina accelerava il cuore. Lo sentivo nella testa, alle tempie, e non si calmò nemmeno quando arrivai allo spacco della porta.

Non l'avevo mai vista così, mia madre. Aveva sciolto i capelli che erano ancora neri e morbidi, si era tolta i vestiti e adesso se ne stava ferma contro lo specchio che ancora usava per le clienti. Indossava la sottoveste nera dei matrimoni ed era senza calze. Per la prima volta notavo quanto fosse ancora giovane, bella. E mi pareva ingiusto. Mio padre avrebbe detto che dopo un matrimonio e tre figli non c'era più bisogno di quelle gambe lì, di quel petto ancora sollevato e di quei capelli senza forcine. Tantomeno del vestito che mia madre adesso misurava su di sé.

Lui avrebbe pensato che fosse sconveniente finanche provarlo. Come se bastasse un abito per restare in una vita o cambiarlo per entrare in un'altra.

La odiai, quella volta, perché la donna allo specchio aveva divorato mia madre. Quella che conoscevo da sempre, la persona tranquilla e un po' triste che ora giaceva tra gli abiti poggiati sul tavolo, alla maniera di una vecchia spoglia. Il giorno dopo non avevo saputo alzare gli occhi su di lei e quando mi aveva avvicinato la tazza di latte l'avevo rovesciata per ripicca; perché una donna simile poteva sviarsi all'improvviso, abbandonarci, e per un colpo di testa infilarsi in un vicolo qualsiasi senza più tornare. Avevo pochi anni e non ero in grado di dirle che da quelle mani, pronte a chiedere altro rispetto a ciò che le apparteneva, io non avrei più preso niente. Invece bisognava solo amarla, quella donna, che al mattino era tornata a essere nostra madre, e con lei amare anche l'animale che le dormiva dentro.

Ma allora non potevo, né sono stata capace in seguito. I miei rami erano troppo brevi, la potatura troppo decisa e ben assestata mi aveva reso piccola, d'una piccolezza quasi da infante. Forse per questo non ho mai provato a sfrenare il corpo e in seguito non ho più imparato a muoverlo per giocare, ballare o amare. Ed è stato faticoso starsene fermi pur non avendone voglia, pur avendo immaginato mille volte di venir fuori dal mio legno, e come Pinocchio di andare a riprendermi la mia vita di carne.

Spesso ho desiderato di nascosto la leggerezza delle altre vite: sedermi sui gradini di casa con le gambe accavallate senza che m'importasse fin dove la gente riuscisse a guardare; passare il pomeriggio a decidere il colore di un rossetto sfogliando il catalogo dell'Avon; fermarmi a chiacchierare per strada senza fingere una fretta che non c'era, e che non ci dev'essere finché si è vivi.

Ma chissà, forse nel nido avevano fiutato quell'odore di corpo senza controllo che – al pari di un orco nel bosco – sapeva fare paura e, un nodo dopo l'altro, un taglio dopo l'altro, mi avevano piegata e tenuta ferma.

Avevo faticato due volte, prima a obbedire, poi a ignorare il piombo che avevo nel cuore.

Ecco cos'era accaduto.

C'è una pacata crudeltà nel meccanismo dei giorni, in quel loro procedere, nonostante tutto. Non so bene quanto a fondo mi sia spinta col dolore, ma so che a un certo punto è successo anche questo: sono andata avanti.

Poco a poco ho ripreso a mangiare e ad assaporare, a dormire qualche ora in più e ad accorgermi di quello che avevo intorno. Il pensiero non era mai sgombero, ma adesso si lasciava affiancare da altro: di queste briciole avevo nutrito la mia fame e il mio corpo. Ci avevo messo tanto a trovarlo, a comprenderlo: a scoprire che era sempre stato lì, anche mentre facevo di tutto per non dargli ascolto.

Era un corpo difficile, una creatura maltrattata da troppe rinunce, e che ancora faticava ad assecondare un desiderio. Tuttavia sapeva, adesso sapeva, quanto fosse inutile la paura – se tutto accade a dispetto di ogni cautela. E se anche l'amore, nonostante la dolcezza del principio, può arrivare a straziarti.

Non ho esperienza della fine, sarà per questo che non riesco a chiudere, ad andare a capo e a dare forma al tempo che resta. Ci sono abbozzi, tentativi. Uomini a cui sorrido per darmi una speranza. Serate fatte di una compagnia che a un certo punto comincia a dare peso. Carezze a cui non mi sottraggo, perché so di non poterle ricordare. La mia carne si porta dentro il danno di chi ha deragliato, riconoscendosi solo nel ferro rovente che la marchia. Ho di nuovo cinque anni, la terra trema da capo sotto le mie suole e io ancora non so arrivare all'uscita e al fondo di questo amore. Ci resterò dentro come l'uccello nella cupola, che non abbassa il volo per paura di perdere quella luce senza scampo, eppure alta e forte e buona – nulla a che vedere col luccicare dei lumini tra le ombre delle navate.

Ora so di non poter recuperare la comune misura del tempo, dopo aver sperimentato la vertigine dell'eternità: il tormento di un amore senza fine.

Rientro nel limite della mia età di mezzo, e nel contempo a forzarlo con la mia disobbedienza. Perché a un certo punto ho cominciato a correre, a sudare, ad alzare la voce, a rischiare, ad abbassare le difese, a mortificare la vergogna, a non dosare la vita possibile. Non si torna indietro da tutto ciò. La biglia ha cozzato contro la parete di fondo, e solo allora, quando il movimento è cessato, un istante prima di fermarsi, lo ha capito.

L'amore mi ha cambiata, mi ha invasa. Ha profanato i miei giorni come l'obbedienza, un tempo, aveva profanato la mia vita. Tutto questo è durato. Dura ancora. Esistono attimi imprevisti, casuali, in cui il mio fuoco assopito s'arrende all'incendio. Possono capitare mentre guido verso casa, quando sono in aula, o poco prima di dormire. Non c'è bisogno neanche d'un legame esteriore: in quei momenti spero da capo, al di là di ogni evidenza. Immagino che un mattino o una sera qualsiasi Andrea venga a dirmi, *Ho bisogno di te, mi sono perso. Puoi aiutarmi?*

Allora lascerei qualsiasi cosa stessi facendo, ovunque fossi andrei di corsa da lui, senza pensare – i capelli in disordine e il trucco divorato dalla giornata. Ma non è accaduto, non accadrà. Forse perché di me non avrà mai più bisogno, o perché sa quanto io ancora ne abbia di lui.

Ho vissuto così lontano dal desiderio (anzi, così lontano dal concedermelo) che alla fine mi sono affamata di necessità e ho smarrito la misura. Allora, pur di mostrarmene capace, ho deformato l'amore, l'ho dilatato al punto da renderlo irriconoscibile, spingendolo dove mai si dovrebbe: a farlo diventare qualcosa di goffo e mediocre. Probabilmente perché ho sempre pensato che ciò di cui sai privarti, senza cui riesci a vivere come se nulla fosse, non rientri tra quello che puoi dire d'aver amato con tutti i mezzi del cuore. Ma chissà che non sia stato un abbaglio. In fondo è così generoso l'errore finché si è vivi, e così facile l'incomprensione.

Certe sere mi domando se sia ancora possibile espiarla, la colpa di una vita che non è mai stata completamente mia. E mentre provo a capire cosa sia accaduto, la sensazione più forte è che il chiarore sotto cui ho sostato resti mescolato all'ombra. Quasi venissi da un sogno senza ricordarlo con esattezza.

La verità è che non so come si chiudano gli amori quando non hai saputo viverli. Se ci sia uno spazio preciso, magari nel ciarpame delle nostre infinite mutilazioni, a cui abbandonarli. Forse si fa silenzio e si resta solo immobili, a vederli andare.

Neanche le parole servono. Allora lascio perdere e non le cerco. Mi fermo su un rigo qualsiasi. Che non chiude e non conclude. Che non dà pace, né fine.

Ringraziamenti

Queste pagine vengono dal buio, ma hanno debiti di luce. Ringrazio, in ordine sparso, chi mi ha aiutato a contenere il chiaro e la tenebra, in nessun caso giudicando.

Ringrazio Silvia Meucci, perché un giorno mi ha scritto: *Ti tengo per mano. Non cadi, tranquilla*, e poi non ho mai dovuto ricordarle di stringere forte.

Ringrazio Pietro Grossi, per avermi incoraggiato a scendere nella mia stiva, e per non aver mai distolto lo sguardo quando ha incontrato le mie ombre.

Ringrazio Laura Cerutti per aver accudito con generosa intelligenza l'io narrante e l'io narrato.

Ringrazio Jean per aver ascoltato la mia fragilità e avermi suggerito i suoi frutti.

E poi ringrazio Mauro: devo a lui le pagine in cui si affacciano la luce e il bianco. Gli devo la risonanza continua del bene che mi ha permesso di entrare nei miei luoghi proibiti e di abitarli. Gli devo la riconciliazione con un battito ordinato e il dono di avermi reso nuovamente accessibile alla grazia.

Ognuno di noi ha la facoltà di seguire o meno le leggi della natura. Provare a comprendere le ragioni che ci guidano a far valere o a ignorare tale possibilità costituisce un anello non trascurabile della nostra morale.

Indice